PROSODIE LATINE

SUIVIE D'UN APPENDICE

SUR LA PROSODIE GRECQUE

PAR

CHARLES THUROT
Membre de l'Institut
Maître de Conférences à l'École Normale supérieure

ET

ÉMILE CHATELAIN
Ancien membre de l'École française de Rome
Maître de Conférences à l'École pratique des Hautes Études

DEUXIÈME ÉDITION

PARIS
LIBRAIRIE HACHETTE ET Cie
79, BOULEVARD SAINT-GERMAIN, 79

1892

PROSODIE LATINE

SUIVIE D'UN APPENDICE

SUR LA PROSODIE GRECQUE

A LA MÊME LIBRAIRIE

Aristote : *Morale à Nicomaque*, livre VIII. Traduction française de François Thurot, revue et accompagnée d'une introduction et de notes, par Charles Thurot. 1 vol. petit in-16, broché . . . . 75 c.

Épictète : *Manuel*. Texte grec précédé d'une introduction, accompagné de notes et suivi d'un lexique des mots techniques qui se trouvent dans l'ouvrage, par Charles Thurot. 1 vol. petit in-16, cart. . . . . 1 fr.

Le même ouvrage. Traduction française de François Thurot accompagné d'une introduction et revue par Charles Thurot. 1 vol. petit in-16, broché. . . . . 1 fr.

Thurot (Charles). *De la prononciation française* depuis le commencement du XVIe siècle d'après les témoignages des grammairiens. 2 vol. grand in-8.

Tome I. (*Épuisé*).

Le tome II et la table sont en vente. . . . . 12 fr.

Chatelain (Émile). *Lexique latin-français*, à l'usage des candidats au baccalauréat ès lettres. 1 vol. in-16 de 832 pages, cartonné. . . . . . 5 fr.

(Ce volume, rédigé conformément à l'article 7 du décret du 19 juin 1880, contient sous un format commode une nomenclature complète de la langue latine. On y trouve avec l'indication de la quantité, tous les mots de la langue usuelle et un grand nombre de noms propres.

Quicherat (L.) : *Dictionnaire français-latin*. Nouvelle édition entièrement refondue par M. Chatelain, maître de conférences à la Faculté des lettres de Paris. 1 vol. grand in-8, cartonnage toile. . . . . . 9 fr. 50

— *Thesaurus poeticus linguæ latinæ*, ou Dictionnaire prosodique et poétique de la langue latine; nouvelle édition. 1 vol. grand in-8, cartonnage toile . . . . 8 fr. 50

Quicherat et Daveluy : *Dictionnaire latin-français*. Nouvelle édition entièrement refondue par M. Chatelain. 1 vol. grand in-8, cartonnage toile . . . . 9 fr. 50

Sommer : *Lexique français-latin*, à l'usage des classes élémentaires, extrait du Dictionnaire français-latin de M. Quicherat ; nouvelle édition entièrement refondue par M. Emile Chatelain, chargé de conférences à la Faculté des lettres de Paris. 1 vol. in-8, cartonné. . . . . . . 2 fr. 75

— *Lexique latin-français*, à l'usage des classes élementaires, extrait du Dictionnaire latin-français de MM. Quicherat et Daveluy ; nouvelle édition entièrement refondue, par M. Emile Chatelain. 1 volume in-8, cartonnage toile . . . . 3 fr. 75

22901. — Imprimerie Lahure, rue de Fleurus, 9, à Paris.

PROSODIE LATINE

SUIVIE D'UN APPENDICE

SUR LA PROSODIE GRECQUE

PAR

CHARLES THUROT
Membre de l'Institut
Maître de Conférences à l'École Normale supérieure

ET

ÉMILE CHATELAIN
Ancien membre de l'École française de Rome
Maître de Conférences à l'École pratique des Hautes Études

DEUXIÈME ÉDITION

PARIS
LIBRAIRIE HACHETTE ET Cie
79, BOULEVARD SAINT-GERMAIN, 79

1892

PRÉFACE

La connaissance de la quantité est une partie essentielle de la connaissance du latin considéré soit en lui-même, soit dans sa transformation en français. L'ignorance de la quantité expose aux erreurs et aux confusions les plus grossières dans l'interprétation des poètes latins. On sait d'ailleurs que dans le passage du latin au français les voyelles n'ont pas eu le même sort, suivant qu'elles sont brèves ou longues, toniques ou atones, et que dans les mots de plus de deux syllabes la place de l'accent dépend de la quantité de la pénultième.

Dès qu'on n'apprend plus la quantité par l'usage, c'est-à-dire par le latin des poètes et par la pratique de la versification latine, il faut l'apprendre par principes; et c'est en vue de cette nécessité qui s'impose aujourd'hui que ce traité de prosodie a été composé.

On a pris pour fondement le *Thesaurus poeticus linguæ latinæ* de M. L. Quicherat, le seul ouvrage où la quantité de tous les mots employés par les poètes latins soit justifiée par des exemples, et par conséquent le seul qui mérite confiance.

On a recueilli dans les grammaires les observations sur la quantité qui y sont dispersées, et l'on a décomposé les mots suivant les principes adoptés aujourd'hui [1].

La prosodie latine est rigoureusement séparée de la prosodie grecque, qui est exposée dans l'usage que les poètes latins en ont fait. On a cru utile de donner en appendice un abrégé de la prosodie grecque, considérée en elle-même [2]; néanmoins comme beaucoup de ces règles sont peu mnémoniques, on y a cité toutes les fois que c'était possible des vers latins qui pourront aider à les fixer dans la mémoire.

Ce qu'il y a d'essentiel à connaître dans la prosodie des Comiques est exposé d'après les recherches les plus récentes.

Dans l'énumération des mots, nous n'avons que très-rarement suivi l'ordre, ou, pour parler plus exactement, le désordre alphabétique. Les mots sont groupés d'après leurs analogies, substantifs, adjectifs, première, seconde, troisième, etc., déclinaison; première, seconde, etc., conjugaison. Les noms propres sont placés à part et en dernier lieu. Il faut souvent tenir compte de la voyelle ou de la consonne qui suit la voyelle; les voyelles sont rangées dans l'ordre traditionnel : *a, e, i, o, u;* les consonnes se succèdent dans l'ordre suivant : gutturales *c, g;* dentales *t, d, s;* labiales *p, b, f, v;* liquides *l, r; m, n.*

Sous le titre de mots primitifs nous donnons, dans

---

1. Dans le détail de l'application on a suivi M. Schweizer-Sidler.

2. On a suivi Spitzner, *Versuch einer kurzen Anweisung zur griechischen Prosodie* (Erfurt, 1821).

le chapitre XI, non seulement la liste des mots auxquels convient cette définition, mais nous y avons compris les mots qui sont en dehors des règles générales, les dérivés qui ne se rapportent pas immédiatement et facilement à leurs primitifs, et même quelques mots grecs, enfin tous les mots dont la quantité offre quelque difficulté.

En résumé, nous avons essayé de rassembler méthodiquement tous les faits de prosodie latine qui ont été relevés et constatés, et même quelques-uns de ceux que l'on a conjecturés. Nous terminerons en conseillant aux professeurs de choisir dans le *Thesaurus* et de faire apprendre un vers pour chacun des mots qui sont énumérés dans la liste des primitifs. Nous ne croyons pas qu'il y ait d'autre moyen de se graver la quantité dans la mémoire, dès qu'on ne fait pas de vers et qu'on ne peut observer la quantité dans la prononciation et la lecture.

Nos collègues et amis, MM. Henri Weil et Louis Havet, ont eu l'obligeance de revoir quelques épreuves. Grâce à leurs conseils, nous avons modifié la rédaction dans beaucoup de passages, et notre traité serait bien moins éloigné de la perfection si nous avions pu faire droit à toutes les observations que leur suggérait leur profonde connaissance de la prosodie et de la métrique. Nous les prions d'agréer ici tous nos remerciements[1].

---

1. M. Thurot est décédé, pendant l'impression de ce volume, le 17 janvier 1882.

PROSODIE LATINE

NOTIONS PRÉLIMINAIRES.

La prosodie[1] est la partie de la grammaire qui traite de la quantité et de l'accent.

On appelle quantité la durée que prend la prononciation d'une voyelle ou d'une syllabe. Cette durée se mesurait par une unité appelée temps[2].

Chez les Grecs et les Latins les voyelles étaient brèves, longues ou communes ; brèves[3] quand la prononciation n'exigeait qu'un temps ; longues[4], quand

1. Nous prenons ce mot dans le sens ancien plus étendu que celui qu'il a aujourd'hui. Voici les passages les plus importants pour l'histoire du mot *prosodie :* « Προσῳδίαι λέγονται οἱ τόνοι καὶ οἱ χρόνοι καὶ τὰ πνευματα. » (Scholiaste de Denys le Thrace, p. 709, 3.) — « Ἐν ταῖς προσῳδίαις τρία ἐστὶν εἴδη· ἔστι γὰρ τόνος, χρόνος, πνεῦμα. » (*Ibid.*, 31.) — « Accentus, quas Græci προσῳδίας vocant. » (Quintilien, I, 5, 22.) — « *Prosodia* est de certis regulis accentuum. » Grammairien anonyme. (*Notices et extraits des manuscrits*, t. XXII, 2e partie, p. 133.) — « Prosodia, id est tractatus de cujuslibet syllabæ tempore vel accentu. » (Jean de Gênes, *Catholicon*) — « Venio ad προσῳδίαν quæ versatur circa omne illud quod accentu præditum est, id.... συνεκδοχικῶς vocatur συλλαβή. » (Vossius, *Aristarchus* II, 1.) — « Prosodie. Prononciation régulière des mots marquée par l'élévation et par l'abaissement de la voix selon la différence des accens de chaque syllabe. » (Dict. de l'Académie, 1694). — « La prosodie est la prononciation régulière des mots conformément à l'accent et à la quantité. » (Dict. de l'Académie, 1762, 1835, 1878). — « Il se dit dans les collèges de la connaissance des règles de la quantité en grec et en latin, des syllabes qui sont longues ou brèves, de la mesure des différents vers. » (Dict. de l'Acad., 1878)

2. Χρόνος, *tempus*, *mora*.

3. Βραχύ, *brevis*, *correpta*.

4. Μακρόν, *longa*, *producta*.

la prononciation exigeait deux temps; communes, quand elles étaient employées tantôt comme longues, tantôt comme brèves (*dederĭ̄mus*), ce que l'on marque par les signes : ˘ , pour la brève, - ,pour la longue, ⏓,pour la commune.

Une voyelle seule ou unie à une ou plusieurs consonnes forme ce qu'on appelle en prosodie une *syllabe.*

La syllabe était brève, quand elle est formée par une voyelle brève qui n'est pas suivie d'une consonne ou qui n'est suivie que d'une seule consonne: *rŏ-să.*

La syllabe était longue par nature [1] quand elle est formée par une voyelle longue : *ā-cres.*

La syllabe était longue par position [2], quand elle est formée par une voyelle brève qui est suivie de plus d'une consonne; ainsi dans ET S-UB R-*upe sinistra*, l'*e* bref de *ĕt* et l'*u* bref de *sŭb* forment, l'*e* avec le *t* et l'*s* qui le suivent, l'*u* avec le *b* et l'*r*, deux syllabes longues par position.

La syllabe était commune[3] quand elle est formée par une voyelle commune : *dederĭ̄-mus*, et dans d'autres conditions que nous exposerons plus loin.

Ce traité est divisé en deux parties. Dans la première on traite des voyelles brèves, longues ou communes; dans la seconde, des syllabes longues par position et des syllabes communes où la voyelle n'est pas commune; nous terminerons par quelques notions sur l'accentuation latine.

---

1. Μακρὰ φύσει, *longa natura.*
2. Μακρὰ θέσει, *longa positione.* Voir la Note à la fin de ce volume, p. 131.
3 Κοινή, *communis.*

PREMIÈRE PARTIE

QUANTITÉ DES VOYELLES

I.

RÈGLES GÉNÉRALES.

Le latin avait cinq voyelles : *a*, *e*, *i*, *o*, *u* (qui se prononçait *ou*). L'*i* et l'*u* pouvaient dans certaines conditions prendre, *i*, le son de l'*i* français dans *aïeul* ou de l'*y* dans *gayac* : parietibus ; *ou*, le son de l'*ou* dans *oui* ou du *w* anglais dans *Washington* : *qu*-am. Dans ces deux cas, l'*i* et l'*u* ne doivent pas être considérés comme des voyelles, mais comme des consonnes que nous appellerons « *i* consonne » et « *ou* consonne ».

Le *v* latin avait parfois le son de l'*ou* consonne, comme dans *solvere*, *silva*, *Favonius*, qui se prononçaient à peu près comme *solwere*, *silwa*, *Fawonius*.

Les Latins n'avaient qu'un seul caractère *I* pour représenter l'*i* voyelle et l'*i* consonne ; *V* pour représenter l'*ou* voyelle et l'*ou* consonne. Le *J* représente un *i* consonne ; les Latins ne lui donnaient pas le son qu'il a dans notre langue.

Les Latins avaient six diphtongues ; deux revenaient très fréquemment : AE, *musae*, AU, *aurum*, une autre était moins usitée : OE, *foedus* ; les trois autres ne se rencontrent qu'en peu de mots : EU, dans *heus*, *heu*, *eheu*, *ceu*, *seu*, *neu*, *neuter*, EI, dans l'interjection *hei*[1], UI, dans *huic*, *cui*[2] et l'interjection *hui*.

---

1. Et peut-être dans *ei*, *eidem*.

2. Ces deux mots sont toujours monosyllabes chez les poètes de la meilleure époque.

1°. Toute voyelle, dans le corps d'un mot, est brève devant une autre voyelle ou une *h* : *dĕus*, *rĕi*, *pĭus*, *tŭus*, *trăho*, *nĭhil*.

Impĭaque æternam timŭerunt sæcula noctem. V.
Pastores magno ad regem clamore trăhebant. V.

Il y a des exceptions[1] :

A, E.

1° L'*a* est long dans les génitifs singuliers archaïques de la première déclinaison en *aï*; par ex.: *aulāi*, *aquāi*, *vitāi*, *aurāi*, *pictāi*.

Nec tamen explemur vitāī fructibus unquam. Lucr.
Dives equum, dives pictāi vestis et auri. V.

2° L'*a* et l'*e* sont longs dans les formes en *i* (vocatif et génitif) des noms propres en *aius*, *eius*; par ex. : *Grāi*, *Pompēi*.

Accipe, Pompēī, deductum carmen ab illo. O.

3° L'*e* est long au génitif et au datif singuliers des noms de la cinquième déclinaison, où il est précédé d'un *i*; comme dans *diē-i* [2].

Nunc adeo melior quoniam pars acta diēi. V.

I.

1° L'*i* est long dans les génitifs en *ius*, comme

1. Nous ne parlons ici que des mots latins; pour ceux qui sont tirés du grec (*āer*, *Lycāon*, etc.), voir plus loin le chapitre X, qui leur est consacré.

2. Les poètes ont évité l'emploi de cette classe de mots au génitif ou au datif. On citerait difficilement un exemple poétique de *speciei*, *aciei*, *progeniei*, etc. Les poètes archaïques préféraient faire usage de la forme en *ii* ou *iē* attestée par Aulu Gelle (IX, 14); on trouve ainsi *progenīī* de Pacuvius, *acīī*, *specīī* de Cn. Matius, *faciē* ou *facīī* de Lucilius, etc. Virgile lui-même, qui fournit cet exemple unique de *diēī*, a employé deux fois la forme plus ancienne (*Géorg.*, I, 208; *Æn.*, I, 640). — On trouve un assez grand nombre d'exemples du datif *ēi* dans Plaute, Térence et Lucrèce. (Neue, *Formenlehre der lateinischen Sprache*, II, 192.)

illīus, istīus, ipsīus, unīus, nullīus, ullīus, solīus, totīus, alīus, utrīus, alterīus, neutrīus.

Navibus, infandum, amissis unīus ob iram. V.

Les poètes emploient souvent l'*i* comme bref; *alterius* ne peut entrer autrement dans un vers hexamètre.

Alterum in alterĭus mactatos sanguine cernam. V.

On ne trouve pas d'exemple des génitifs *alĭus, neutrĭus, solĭus.*

2° L'*i* est long dans les formes de *fio* où il n'y a pas d'*r*[1].

Omnia jam fīunt, fīĕri quæ posse negabam. O.

3° L'*i* de *Diana* est commun.

Exercet Dīana choros. V.
Sola contenta Dĭana. V.

2°. Toute diphtongue est longue : *prætor, pœna, paūlo.*

Præ en composition devient bref devant une voyelle: *prăacutus, prăustus.*

Nec tota tamen ille prior prăĕunte carina. V.

Toute voyelle résultant d'une contraction est longue: *vēmens* (pour *vĕhĕmens*), *mī* (*mĭhĭ*), *nīl* (*nĭhĭl*), *tibīcen* (*tibĭĭ-cen*).

Vēmens et liquidus puroque simillimus amni. H.

3°. L'*i*, dans le corps d'un mot, est toujours long devant le *v* : *rīvus, connīvent, petīvi,* excepté dans *nĭvis*[2] et dérivés, *nĭvalis, nĭveus,* etc.

Aspice labentes jucundo murmure rīvos. O.
Solus hyperboreas glacies Tanainque nĭvalem. V.

---

1. Primitivement l'*i* était toujours long. On trouve dans Plaute et Térence plusieurs exemples de *fīeri, fīerem*, etc.

2. Primitivement *niguis*. Ce n'est donc pas en réalité une exception.

4°. L'*i* est toujours consonne au commencement des mots latins : *jam*, *Juno*, etc.

Postera jamque dies primo surgebat Eoo. V.

Il est voyelle dans les formes du verbe *eo*, *ĭens*, *ĭit*, *ĭerat*, etc.

Inque cavos ĭerant tertia musta lacus. O.

L'*i* est presque toujours consonne, dans le corps des mots, entre deux voyelles : *Graius*, *Maia*, *maius*, *Baiæ*, *Pompeius*, *Boiæ*, *Boii*, *plebeius*, *Caieta*, *meio*, *commeio*[1]; et alors il se prononçait à peu près comme une consonne double, et formait toujours avec la voyelle précédente une syllabe longue, soit par nature : *Pompēius*, soit par position : AIO, EJUS, PEJOR.

Nullus in orbe sinus Bāiis prælucet amœnis. H.
Et non plebēios luctus testata cupressus. L.
Hoc āiebat et hoc. H.

REMARQUE. Dans les composés comme *bi-jugis*, l'*i* consonne se prononçait comme dans le simple *jugum*, et la syllabe précédente restait brève :

Martis equi bĭjuges et magni currus Achillis. V.

5°. L'*u* est toujours consonne après le *q* et ne compte pour rien dans la mesure : *qua*, *que*, *quĭbus*, *ĕquĭs*, *ĕquĭtare*, *sĕquuntur*.

L'*u* est en général consonne après le *g*, comme dans *lingua*, *langueo*, *languor*, *anguis*, *sanguis*.

Non mihi, si linguæ centum sint oraque centum. V.

Il faut excepter les adjectifs en *gŭus*, comme *irrigŭus*, les parfaits en *gui* comme *vigŭi*, et *argŭo*, où l'*u* est voyelle et compte pour une syllabe.

---

1. On excepte *tenuĭa*, *tenuĭor*, *assiduĭor*. Il faut ajouter *Căĭus* ou plutôt *Gaĭus*. (Cf. Catul. 10, 30; Mart. XI, 37, 8; Terentianus Maurus, *Syllab.*, 619 et 700, p. 351 et 354, Keil. — Stace, *Silv.* IV, 9, 21, emploie *Căĭānus*.

Irrigŭumque bibant violaria fontem. V.
Quum bene pertæsum est, animoque relangŭit ardor. O.

L'*u* est toujours consonne dans *suadeo*[1], *suavis*, les composés de l'inusité *suesco*[2], *assuesco*, *desuetus*, etc., et leurs dérivés : *consuetudo*, *Suetonius*.

II

SYNÉRÈSE, DIÉRÈSE.

1. SYNÉRÈSE.

On appelle *synérèse*[3] la réunion de deux voyelles en une seule syllabe.

Elle est très fréquente quand la première des deux voyelles est un *i* ou un *ou*, qui se prononçaient alors comme un *i* consonne ou un *ou* consonne. Quand la syllabe qui précède l'*i* ou l'*ou* est brève, elle devient longue par position[4] si, par suite de la synérèse, la voyelle brève est suivie de deux consonnes : ARI*ete crebro*, *t*ENU*ia Seres*.

---

1. On trouve cependant *sŭadent* dans Lucrèce (IV, 1155), et chez quelques poètes de la décadence.

2. Il y a quelques exceptions dans Lucrèce, Cicéron (*Arat.* Nat. D. 2, 43), Horace. Voyez plus loin, p. 10, le paragraphe de la Diérèse.

3. Les grecs l'appelaient συνίζησις ou ἐπισυναλοιφή. Les grammairiens latins ont emprunté ce dernier terme : « *Episynaliphe* (vel *synæresis*, Sacerdos, p. 453, 1 Keil) est conglutinatio duarum vocalium in unam syllabam facta. » (Donat, p. 396, 20 K.) — « *Episynaliphe* est conglutinatio seu contractio duarum syllabarum in unam syllabam facta. » (Diomède, p. 442, 20 K.; cf. Charisius, p. 279, 6 K.)

4. L'*u* se prononce comme une voyelle, et l'*i* se prononce comme une consonne dans les vers suivants de Stace : *obnubit tenŭia ora* (*Théb.* VI, 196. — Ajoutez V, 597.) Il emploie de même *tenŭiore* (*Silv.* I, 4, 36 et *Théb.* IV, 697). Prononcez *ténou-ya*, *té-nou-yo-ré*.

I.

La synérèse est constante dans les composés de *semi*, comme *sēmiănimus, semiustus*[1], etc.

Sēmihominis Caci facies quam dira tenebat. V.

Elle est fréquente dans les cas obliques et les dérivés de *ăbies*, *ăries*, *păries* où l'*a* forme avec l'*r* et l'*i* consonne une syllabe longue par position : *p*ARI*ĕtibus*, ABI*egnus*, ARI*ĕto*, ARI*ĕtīnus*, etc.

Hærent *pari*etibus scalæ. V.
*Ari*etat in portas et duros objice postes. V.

REMARQUE. Elle se rencontre dans *con*SILI*um* (Hor., Od., III, 4, 41), *princ*IPI*um* (Od., III, 6, 6) ; *Nas*IDI*eni*, génitif de *Nasĭdĭenus* (Sat., II, 8, 1) : où l'*i* bref forme avec la consonne suivante et l'*i* consonne une syllabe longue par position ; — dans *omn*I*a* (Virg., Æn., VI, 33), *precant*I*a* (Æn., VII, 237) ; *promonto*RI*um* (Ovid., Met., XV, 709) ; *v*I*etis* (Hor., Epod. 12, 7), *vindem*I*ator* (Sat., I, 7, 30), *Servil*I*o* (Sat., II, 8, 21), *lud*I*um* (Juv. 6, 82), *Jun*I*o* (Juv. 15, 27), où l'*i* ne compte pas pour une brève, puisqu'il se prononçait comme une consonne ; dans *fl*UVI*orum* (Virg., *G.*, I, 428), l'*u* bref forme une syllabe longue par position avec le *v* et l'*i* consonne suivant[2].

OU.

La synérèse se rencontre dans *g*ENU*a*, *t*ENU*is* (Lucr. II, 231, etc.), *t*ENU*ia* (Virg., *G.*, I, 397 ; II, 121) où l'*u* forme avec la consonne et la voyelle brève précédente une syllabe longue par position ; — dans *con*SUA*lia*, SUE*vi*, *pitu*I*ta* (Hor., *Sat.*, II, 2, 76 ; *Epist.*, I, 1, 108 ; Perse, 2, 57), *patr*UI (Stace, Théb. IV, 429),

---

1. On écrit aussi *semanimus*, *semustus*, etc.

2. Quelques métriciens voient une synérèse dans *stel*I*o* ou *stell*I*o* (*Géorg.* V, 243) ; et dans *conn*UBI*um*, où l'*u* peut être bref, comme dans *pronŭba*.

où l'*u* forme avec la voyelle suivante une seule syllabe et ne compte pour rien dans la mesure.

Gen*ua* labant, gelidus concrevit frigore sanguis. V.
Velleraque ut foliis depectant ten*ui*a Seres. V.

E.

1° L'*e* forme une seule syllabe et une syllabe longue avec la voyelle suivante :

Constamment, dans les formes de *desum : deest*, *deerat*, *deerit*, *deesse ;* dans *deerro*, dans les adverbes *dein*, *deinde*, *deinceps*, dans *alveare ;*

Deest jam terra fugæ : pelagus Trojamne petemus ? V.
Seu lento fuerint alvearia vimine texta. V.

Plus ou moins souvent dans les cas obliques de *alveus*, *aureus*, *ferreus*[1], dans *eădem*, *eosdem*, *eicit*, *deicere*, *reicio*, *reipsa*, *dehinc*, *deorsum*, *seorsum*, *deosculor*.

Una *eădem*que via sanguis animusque sequuntur. V.
Tityre, pascentes a flumine *reĭce* capellas. V.
Deĭcere de saxo cives aut tradere Cadmo. H.

2° Dans *prĕhendo* et ses composés, l'*e* est souvent contracté avec la syllabe suivante : *comprendit*, *deprensus*.

Deprensis olim statio tutissima nautis. V.

3° Dans les composés de *ante*, *male*, *grave*, *suave* comme *anteire*, *antehac*, *anteactus*, *mălеŏleo*, *grăveŏlens*, *suaveŏlens*[2], l'*e* ne compte jamais dans la mesure du vers :

Inde ubi venere ad fauces graveŏlentis Averni. V.

---

1. Ajoutez Horace : *et imagine cer*EA (Sat. I, 8, 43) *ostr*EA ;(ib. II, 2, 21) *Pomp*EI (Od. II, 7, 15).

2. On peut aussi écrire en deux mots : *ante actus*, *grave olens*, etc.

O.

L'*o* forme une syllabe longue avec la voyelle suivante, presque toujours, dans *quoad*, *proin*, *proinde*, *prout*, *cooperio*.

> *Proinde* tona eloquio, solitum tibi. V.
> Heredes voluit, quoad vixit, credidit ingens. H.

REMARQUE. — Les Comiques étendent la syrénèse à un plus grand nombre de mots et de groupes de voyelles : *ais*, *aibas*, etc; — Les formes en *e* des pronoms *is*, *idem* et du verbe *eo* (*eo*, *eum*, *eos*, *eas*, etc. *eodem*, *eamus*, etc.); — *quattuor*, *duellum*, *huius*, *cuius*; — *eicio*, *deicio*, *reicio*, *præut*, *præopto*[1], *deambulatum*, *deasciari*, *deactus*.

---

2. DIÉRÈSE.

Il y a *diérèse*[2] quand l'*i* consonne ou (plus souvent) l'*ou* consonne comptent pour une voyelle.

La diérèse se rencontre : 1° dans *relicŭus*; 2° dans certaines formes de *solvere* : *solŭi*, *persolŭi*; *exsolŭi*, *dissolŭi*, *dissolŭendus*; *evolŭam*, *evolŭi*, 3° dans *silŭa* (Hor., Epod. 13, 2); 4° dans *sŭētus*, *adsŭerit* (Hor., Sat., I, 8, 17; 11, 2, 109); 5° dans *cŭi*, *hŭic*[3], *ĕi*.

> Tunc de relicŭis una : « Merito plectimur. » PH.
> Rellicŭas tamen esse vias in mente patentes. LUCR. (IV, 977.)
> Nunc quoque te salvo persolŭenda mihi. O.
> Condita quin veri pectoris evolŭam. CAT.
> Nunc mare, nunc silŭæ. H.

---

1. On trouve aussi *praeoptarit* dans Catulle (64, 120).

2. Διαίρεσις, *diæresis*.

3. A partir de Martial, Juvénal et Sénèque. — *ĕi* se trouve dans Plaute. On rencontre plus souvent *ēi* avec la pénultième longue, ou *ei* en une seule syllabe. (Voy. plus haut, p. 4, note 2.)

En outre, dans les poètes comiques, on trouve *larŭa*, *larŭatus* et non *larva*, *larvatus*; — *ĭam*, au lieu de *jam*, presque toujours dans la locution *nunc ĭam*; — *gratĭis* au lieu de *gratis*.

III.

FINALES.

Voyelles. — Les mots latins se terminent le plus souvent par *a*, *e*, *i*, *o*; beaucoup plus rarement par *u*. L'*i* et l'*o* sont le plus souvent longs.

Consonnes. — Les finales en *m* sont brèves. Elles s'élident devant une voyelle chez les poètes classiques; mais chez les anciens poètes, on trouve :

Insignita fere tum milia militŭm octo. ENN.
Dum quidĕm unus homo. ID.
Ar non multŭm abest cacosyntheton atque canina
Si lingua dicas. LUCIL.

et encore dans Horace :

Cocto nŭm adest honor idem?

Les finales en *t* sont brèves, excepté dans certaines formes de la troisième personne du singulier du parfait actif : *obīt*, *adiīt*[1].

Les finales en *as*, *es*, *os* sont généralement longues.

Les finales en *is* et en *us* sont partagées entre les deux quantités.

Les finales en *c*, qui sont en petit nombre, sont longues (excepté *făc*, *nĕc*, *donĕc*); le nominatif *hĭc* est commun.

---

1. Voyez plus loin p. 29-30.

Les monosyllabes terminés par *b*, *d*, *t* (*ob*, *ad*, *at*) sont brefs (Voy. p. 40).

On trouvera les règles particulières de la quantité des finales aux chapitres spéciaux consacrés à chaque espèce de mots.

REMARQUE. Il y a eu tendance à abréger des finales qui, autrefois, étaient longues; ainsi certaines finales en *t*.

Il y a eu de bonne heure, déjà du temps de Plaute, tendance à abréger la finale des mots iambiques. L'*o* a été ainsi abrégé chez les poètes du temps de l'Empire[1].

C'est ainsi qu'on rencontre dans Plaute avec la finale brève :

Cave, vide, tace, tene, jube, roga, ama, abi, redi, veni, eo, scio, volo, ago, nego, sino, ero, dabo, dato, dari, loqui, fui, dedi, negas, vides, habes, oles, advenis, sedens; — bono, boni, bonus, bonis, malo, mali, manu, novo, nova, novos, novæ, domi, domo, foras, foris, modo, fores, canes, vicis, viros, viri, ero, eri, joco, tuos, dolis, pari, cani, via, meas, etc.

IV.

DÉCLINAISON ET CONJUGAISON.

NOTIONS GÉNÉRALES.

On appelle *désinence* la partie d'un nom ou d'un verbe qui le termine et qui signifie, dans le nom, le cas et le nombre, dans le verbe, la personne et le nombre: *rosa-m, domino-s, ped-is, fructu-m, die-m, ama-mus, mone-tis, legi-tur, capi-mur, audi-mini.*

---

[1]. Voyez plus loin le chapitre IV, p. 25.

On appelle *radical* ce qui reste d'un nom ou d'un verbe dont on a retranché la désinence : *rosa*, *domino*, *ped*, *fructu*, *die*, *ama*, *mone*, *legi*, *capi*, *audi*.

On appelle *racine* la portion du radical qui subsiste soit dans les différentes formes du nom et du verbe, soit dans les différentes parties du discours : *ros-a*, *ros-is*, *ros-eus*; *dom-us*, *dom-inus*; *ped-is*, *ped-ibus*, *ped-ica*, *ex-ped-io*; *fruc-tus*, *frug-alis*; *am-amus*, *am-avi*, *am-or*, *am-ator*, *am-anter*; *mon-etis*, *mon-itum*, *mon-itor*; *dur-us*, *dur-itia*, *dur-e*, *dur-escere*.

Le radical et la racine peuvent se confondre, par exemple dans *ped-is*.

§ 1. DÉCLINAISON

DES NOMS SUBSTANTIFS ET ADJECTIFS

PREMIÈRE DÉCLINAISON.

Les radicaux des noms sont en *a*, qui se change en *æ* ou qui disparaît (*ros-æ*, *ros-īs*), et qui est long partout où il a subsisté (*ros-ā*, ablatif; *ros-ā-rum*, *ros-ā-s*), excepté au nominatif, au vocatif et à l'accusatif du singulier.

Scilicet ante omnes furor est insignis equārum. V.
Qualis populeā mœrens philomelă sub umbrā. V.
Incipe Mænalios mecum, meă tibiă, versus. V.

DEUXIÈME DÉCLINAISON.

Les radicaux des noms sont en *o* qui se change souvent en *u* (*lupu-s*) ou qui disparaît (*lupe*, *lupi*, *lupis*) et qui est long partout où il a subsisté : *lupō*, *lupō-rum*, *lupō-s*.

Magnus ab integrō sæclōrum nascitur ordo. V.

L'*u* du nominatif singulier est bref : *lupŭs*; l'*e* du vocatif singulier est bref : *lupĕ*; l'*i* du génitif singulier et du pluriel est long : *lupī*, *lupī-s*. Le nominatif, le vocatif et l'accusatif pluriels des neutres sont en *ă*.

Unŭs erat totō naturæ vultŭs in orbe. O.
Incipe, parvĕ puer, risu cognoscere matrem. V.
Parcere subjectīs et debellare superbos, V.
Multăque per cæcam congressi prœliă noctem. V.

Le vocatif singulier des noms en *ius* est en *ī* long : *Octavī*, *Lucilī*, *filī*, *Pompeī*.

Lusimus, Octavī, gracili modulante camena. (*Culex*, 1.)
Magne Genī, cape tura libens, votisque faveto. Tib.
Accipe, Pompēī, deductum carmen ab illo. O.

Remarque. Le génitif singulier des noms en *ius* et *ium* est presque toujours *ī* (et non *ĭ-ī*) [1].

Non ridet versus Ennī gravitate minores. H.
Nec spes libertatis erat, nec cura peculī. V.

La finale des noms en *er*, *ir*, *ur* est brève : comme *socĕr*, *socĕri* ; *vĭr*, *vĭri* ; *satŭr*, *satŭri*.

Arma vĭrumque cano Trojæ qui primus ab oris. V.
Jupiter ambrosia satŭr est et nectare vivit. M.

TROISIÈME DÉCLINAISON.

Les radicaux des noms se terminent par un *i* qui devient *e* à certains cas : *avi-s*, *ave*, ou par une consonne, *ped-is* ; deux seulement se terminent par un *u* : *gru-s* ; *su-s*.

Le radical est plus ou moins modifié au nominatif et au vocatif singuliers ; on le reconnaît sous sa vraie forme aux autres cas.

---

1. Du moins avant Properce. On trouve cependant la diérèse dans un exemple de Lucrèce contesté à tort (V, 1004) :

Improba navigii ratio tum cæca jacebat.

Les deux formes de génitif *i* et *ii* semblent avoir existé simultanément ; la synérèse très usitée sous la République est devenue sous l'Empire une simple ressource pour les poètes.

La quantité des finales est au singulier : gén. *ĭs*, dat. *ī*, acc. *ĕm* (quelquefois *ĭm*), abl. *ĕ* ou *ī*.

Tantæ molĭs erat Romanam condere gentem. V.
Fidite virtutī, fortuna fugacior undis. O.
Fumigeram noctem commixtis ignĕ tenebris. V.
Nunc torrete ignī fruges, nunc frangite saxo. V.

Au pluriel : nomin. voc. *ēs*, *ă*; gén. *ŭm*; dat. et abl. *bŭs*, *ĭbŭs*; acc. *ēs* (et aussi *īs* pour les radicaux en *i*), *ă*.

Albanique patrēs atque altæ mœnia Romæ. V.
Carmină vel cælo possunt deducere lunam. V.
Antiquasque domos avium cum stirpĭbŭs imis. V.
Ingruere infensos hostīs et Marte secundo. V.

FINALES DES RADICAUX TERMINÉS PAR UNE VOYELLE.

RADICAUX EN *I*.

I est bref : *avĭ-s*, excepté au datif et à l'ablatif singuliers : *avī*[1] ; l'*e* est bref au singulier, *avĕ*, long au pluriel : *avē-s*.

RADICAUX EN *U*.

U, qui se trouve toujours devant une voyelle, est bref : *grŭ-is*, *sŭ-is*.

FINALES DES RADICAUX TERMINÉS PAR UNE CONSONNE.

RADICAUX EN *C*, *G*.

A est long : *fornāc-is*, *pāc-is*, *mınāc-is*, *fallāc-is*, *pugnāc-is*, *mendāc-is*, etc. ;

Vidimus undantem ruptis fornācibus Ætnam. V.

Il est bref dans *făc-is*[2].

Stella făcem ducens multa cum luce cucurrit. V.

---

1. Et aux formes du pluriel *avi-s* pour *ave-s*.
2. L'*a* appartient à la racine.

E est long dans *halēc-is*, *vervēc-is*, *lēg-is*, *rēg-is*;

Maturate fugam, rēgique hæc dicite vestro. V.

Il est bref dans *nĕc-is*, *prĕc-es*, *grĕg-is*.

De grĕge non ausim quicquam deponere tecum. V.

I est long dans les noms en *ix* : *radīc-is*, *cervīc-is*, *junīc-is*, *vibīc-is*[1], *felīc-is*, *ultrīc-is*, etc.;

Contenta cervīce trahunt stridentia plaustra. V.

Il est bref dans *pĭc-is*, *calĭc-is*, *salĭc-is*, *filĭc-is*, *fornĭc-is*, *varĭc-is*[2].

Aut atræ massam pĭcis urbe reportat. V.
Fecundi calĭces quem non fecere disertum ? H.
Nec vescas salĭcum frondes ulvamque palustrem. V.
Et filĭcem curvis invisam pascit aratris. V.
Aut amnis ripis, aut alti fornĭce saxi. V.
Dixeris hæc inter varĭcosos centuriones. Pers.

I est bref dans les noms en *ex;* comme *vĭc-es*, *judĭc-is*, *vindĭc-is*, *caudĭc-is*, *culĭc-is*, *ilĭc-is*, *vertĭc-is*, *remĭg-is*, etc.

Grammatici certant et adhuc sub judĭce lis est. H.

O est long : *vōc-is*, *velōc-is*, *atrōc-is*, etc.; il est bref dans *præcoc is* (de *præ*, *cŏq-uo*)[4].

Sensit, et ad sonitum vōcis vestigia torsit. V.

U est bref, comme dans *crŭc-is*, *dŭc-is*, *nŭc-is*, *trŭc-is*, *conjŭg-is*;

Hac vos et Pallanta dŭcem patria alta reposcit. V.

Il est long dans *lūc-is*, *Pollūc-is*, *frūg-is*.

---

1. Le nominatif est plutôt *vibix* que *vibex*.
2. L'*i* appartient à la racine.
3. Peut-être aussi aux cas obliques de *fulix*, *illix* (ou *illex*).
4. L'*o* appartient à la racine.

Quæsivit cælo lūcem ingemuitque reperta. V.
Talis Amyclæi domitus Pollūcis habenis. V.
At medio tostas æstu terit area frūges. V.

RADICAUX EN *T*, *D*.

A est long : *ætāt-is*, *voluptāt-is*, *nostrāt-is*, etc.

Si te nulla movet tantæ pietātis imago. V.

Il est bref dans *anăt-is*, *văd-is*.

Ille datis vădibus qui rure extractus in urbem est. H.

E est bref : *interprĕt-is*, *segĕt-is*, *tegĕt-is*, *perpĕt-is*, *pĕd-is*, etc.

Hic segĕtes, illic veniunt felicius uvæ. V.
Insequitur trepidique pĕdem pĕde fervidus urget. V.

Il est long dans *locuplēt-is*, *quiēt-is*[1], *herēd-is*, *mercēd-is*.

Æque pauperibus prodest, locuplētibus æque. H.
Jam mediam nigra carpebat nocte quiētem. V.
Displicet herēdi mandati cura sepulcri. O.
Huic aliud mercēdis erit. V.

I est bref : *capĭt-is*, *milĭt-is*, *lapĭd-is*, etc.;

Serta procul tantum capĭti delapsa jacebant. V.

Il est long dans *dīt-is*, *līt-is*, *Quirīt-is*, *Samnīt-is*.

Despiciam dītes despiciamque famem. TIB.
Insequeris tamen hunc, et līte moraris iniqua. H.
Tradite nostra viris ignavi signa Quirītes. L.
Lento Samnītes ad lumina prima duello. H.

O est long : *nepōt-is*, *cōt-is*, *dōt-is*, *custōd-is*, etc.;

Tartareum ille manu custōdem in vincla petivit. V.

Il est bref dans *compŏt-is*, *impŏt-is*.

Compŏte voto. SEN.

---

1. On peut ajouter l'archaïsme *requietis*, employé par Cicéron (*Divin.* 1, 13 et dans Charis. p. 110, 2, K).

U est long : *salūt-is*, *incūd-is*, *palūd-is*, etc.

Fluminibus salices crassisque palūdibus alni. V.

Il est bref dans *intercŭt-is*, *pecŭd-is*.

Et genus omne neci pecŭdum dedit, omne ferarum. V.

RADICAUX EN *P*, *B*, *V*.

La finale du radical est brève : *trăb-is*, *cælĭb-is*, *princĭp-is*, *inŏp-is*, *scrŏb-is*, *bŏv-is*, *aucŭp-is*, etc.

Princĭpibus placuisse viris non ultima laus est. H.
Aut doluit miserans inŏpem, aut invidit habenti. V.

Elle est longue dans *plēb-is*.

Ut binæ regum facies, ita corpora plēbis. V.

RADICAUX EN *L*, *R* et *S* (qui devient *r* aux cas obliques).

A est long dans les neutres en *al* et en *ar* : *animāl-is*, *calcār-is*, etc.

Rara per ignotos errent animālia montes. V.

Il est bref dans *jubăr-is*; dans les substantifs masculins : *Hannibăl-is*[1], *Cæsăr-is*, etc. et dans les adjectifs *păr-is*, *impăr-is*, etc.

It portis, jubăre exorto, delecta juventus. V.
Hannibălemque Lăres romana sede fugantem. PROP.

E est bref : *muliĕr-is*, *papavĕr-is*, *ansĕr-is*; *acipensĕr-is*, *itinĕr-is*; — *vomĕr-is*, *genĕr-is*, *Cerĕr-is*, *munĕr-is*, *Venĕr-is*, etc.

Urunt lethæo perfusa papavĕra somno. V.
Suppositum cinĕri panem focus ipse parabat. O.

---

1. On trouve *Hannibāl-is* dans Ennius (ap. Gell. IV, 7), et Varron (ap. Non. p. 47, Merc.). — Ennius allongeait aussi le radical du masculin *Nar* (affluent du Tibre) : « Sulfureas posuit spiramina Nāris ad undas. »

Il est long dans *vēr-is.*

Vēre magis, quia vēre calor redit ossibus. V.

I est bref dans les radicaux en *l* : *pugĭl-is, vigĭl-is.*

Attenuant vigĭles corpus miserabile curæ. O.

Il est long dans les radicaux en *s* : *glis, glīr-is; vis, vīr-es.*

Mobilitate viget vīresque acquirit eundo. V.

O est long dans *sōl-is*, et en général dans les noms masculins et féminins terminés au nominatif en *or*, *os* : *mōr-is, clamōr-is, honōr-is, sorōr-is, uxōr-is, lepōr-is*, etc., dans le neutre *ōr-is* et dans les comparatifs, comme *majōr-is, meliōr-is* :

Atque alio patriam quærunt sub sōle jacentem. V.
Aggredere o magnos, aderit jam tempus, honōres. V.
Hoc decet uxōres, dos est uxōria lites. O.
Musæo contingens cuncta lepōre. Lucr.

Il est bref dans le masculin *lepus, lepŏr-is*, dans le féminin *arbŏr-is*, dans les neutres : *æquŏr-is, marmŏr-is; pectŏr-is, littŏr-is, corpŏr-is* (et les adjectifs *bicorpŏr-is, tricorpŏr-is*, etc.), *robŏr-is*, etc., et dans les adjectifs *memŏr-is, immemŏr-is.*

Auritosque sequi lepŏres, tum figere damas. V.
Mugitusque boum, mollesque sub arbŏre somni. V.
Credo equidem; vivos ducent de marmŏre vultus. V.
Littŏra littŏribus contraria, fluctibus undas. V.
Quique sui memŏres alios fecere merendo. V.

U est bref dans les noms en *l* et en général dans les noms en *r* : *consŭl-is, exsŭl-is, furfŭr-is, murmŭr-is*, etc.

Si canimus silvas, silvæ sint consŭle dignæ. V.
Aspice, ventosi ceciderunt murmŭris auræ. V.

Il est long dans *fūr-is*, et dans tous les noms terminés en *us* au nominatif : *jūr-is*, *rūr-is*, *tūr-is*, etc.

Quid domini faciant, audent quum talia fūres. V.
Nec vero Alcides tantum tellūris obivit. V.

RADICAUX EN *N*.

E est long : *liēn-is*, *rēn-is*.

Quod latus aut rēnes morbo tentantur acuto. H.

I est bref : *homĭn-is*, *ordĭn-is*, *virgĭn-is*, *libidĭn-is*, *flamĭn-is*, *carmĭn-is*, etc.

Aut deus ille malis homĭnum mitescere discat. V.

O est long : *ligōn-is*, *sermōn-is*, *legiōn-is*, etc.

Amissos longo socios sermōne requirunt. V.

NOMINATIF SINGULIER.

1° MONOSYLLABES.

Les monosyllabes (substantifs ou adjectifs) sont longs quand le radical est terminé par une seule consonne : *sāl*, *sōl*, *pār*, *Lār*, *mās*, *pēs*[1], *bōs*, *dōs*, etc. et dans *fār* (*farris*).

Exagitant et Lār et turba Diania fures. O.
Ludere pār impār, equitare in arundine longa. H.
Fār erat, et puri lucida mica salis. O.

Ils sont brefs quand le radical est terminé par deux consonnes : *cŏr* (*cord-is*), *fĕl* (*fell-is*), *mĕl* (*mell-is*), *ŏs* (*ossis*)[2]. *Lac* ne se trouve point devant une voyelle[3].

Molle cŏr ad timidas sic habet ille preces. O.
Sive fĕl ursinum tepefacta dilue lympha. SER. SAMM.
Quis mĕl Aristæo, quis Baccho vina Falerna. O.
Exŏs et exsanguis tumidos perfluctuat artus. LUCR.

---

1. Et dans les composés *bipēs*, *tripēs*, *quadrupēs*, *sonipēs*.
2. Et dans le composé *exŏs*. On ne trouve que ces quatre mots.
3. Varron a dit *lact*.

2° PARISYLLABIQUES.

E est bref : *marĕ, turpĕ, suavĕ, talĕ*, etc.

Tristĕ lupus stabulis, maturis frugibus imbres. V.

ES est long : *vulpēs, struēs, pubēs, nubēs*, etc.

Cuncta tibi cererem pubēs agrestis adoret. V.

IS est bref : *ignĭs, puppĭs, turpĭs, talĭs*, etc.

Contactos artus sacer ignĭs edebat. V.

3° IMPARISYLLABIQUES.

C. — La finale est longue : *halēc.*

L, R. — La finale est brève : *animăl, vigĭl, consŭl; Cæsăr, calcăr, patĕr, imbĕr, itĕr, amŏr, sorŏr*[1], *murmŭr*, etc.

Nil nocet admisso subdere calcăr equo. O.
Unde hominum genus et pecudes, unde imbĕr et ignes. V.
Hinc amŏr, hinc timŏr est ; ipsum timŏr auget amorem. O.

N. — La finale *e* est brève dans les noms en *ĭn*, comme *carmĕn, lumĕn, numĕn, semĕn, tibicĕn ;* — longue dans les noms peu nombreux en *ēn*, comme *liēn.*

Lumĕn ad exiguum famulæ data pensa trahebant. O.

O. — La finale *o* est longue dans les noms en *ōn-* et en *ĭn-* : *ratiō, margō*[2], etc.

Huic a stirpe pedes temō protentus in octo. V.
Quidam notus homō quum exiret. H.

1. Quelques finales en *or* sont longues dans les anciens poètes et même dans Virgile (Æn. II, 369 ; XII, 422 et 550). Voir Neue, *Lat. Form.* I, 171.

2. Depuis Néron elle est souvent brève, surtout dans les mots iambiques comme *leo, draco.*

S. — *as* est long : *ætās*, *civitās*, *pietās*, les indéclinables *fās*, *nefās*, etc. ; il est bref dans *anăs*[1].

Et laris et fundi paupertās impulit audax. H.

— *es* est bref dans les noms en *ĕt-*, *ĭt-*, *ĭd-*, comme *segĕs*, *interprĕs*, *milĕs*, *præsĕs*, *resĕs*.

Arebant herbæ, et victum segĕs ægra negabat. V.

Il est long dans *abiēs*, *ariēs*, *pariēs*.

Populus in fluviis, abiēs in montibus altis. V.
Non ariēs uno moturus limina pulsu. L.
Quam fixam pariēs illos servabat in usus. (*Moretum.*)

— *es* est long dans les noms en *ēt-*, *ēd-* comme *quiēs*, *mercēs*, etc. et dans *pubēs* (*pubĕr-is*), *impubēs* (*impubĕr-is*), *Cerēs* (*Cerĕr-is*).

Omnibus una quiēs operum, labor omnibus idem. V.
Ipsa sui mercēs erat et sine vindice præda. Petr.
Flava Cerēs alto nequiquam spectat Olympo. V.

— *is* est long dans les noms en *īt-*, comme *Samnīs*;

Samnīs in ludo ac rudibus cuivis satis asper. Lucil.

Il est bref dans tous ceux où la finale du radical est brève : *cinĭs*, *sanguĭs*[2], *pulvĭs*, *cassĭs*, *cuspĭs*, etc.

Sanguĭs abit, mentemque calor, corpusque reliquit. O.

— *os* est long : *honōs*, *arbōs*, etc.;

Nedum sermonum stet honōs et gratia vivax. H.

Il est bref dans *compŏs*, *impŏs*.

Insequere, et voti postmodo compŏs eris. O.

— *us* est bref dans les noms en *ĕr-*, *ŏr-*, comme *Venŭs*, *munŭs*, *lepŭs*, *pecŭs*, etc.

---

1. Le radical est *anăt*. Voy. plus haut, p. 16.

2. Il y a quelques exemples de *sanguīs* : Lucrèce IV, 1043 ; Virg. Æn. X, 487 ; Lucain II, 338 ; VII, 635 ; IX, 702 ; Sil. X, 23. — De même Virgile a employé *pulvīs* à la césure (Æn. I, 482).

Sic Venŭs, at Veneris contra sic filius orsus. V.
Seclusum nemŭs et virgulta sonantia silvis. V.

Il est long dans les noms en *ūt-*, *ūd-*, *ūr-*, comme *salūs*, *palūs*, *tellūs*.

Limosoque palūs obducat pascua junco. V.
Reddit ubi cererem tellūs inarata quotannis. H.

QUATRIÈME DÉCLINAISON

Les radicaux sont en *ŭ*: *manŭ-um*, *sensŭ-um*; *cornŭ-um*, *verŭ-bus*. La voyelle finale devient longue à certaines désinences, ou se change en *i*.

Masculins et féminins. *Singulier*. Nominatif, vocatif : *ŭ-s*.

Temporis adversi sic mihi sensŭs hebet. O.

Génitif : *ŭ-ĭs*[1], *ūs*:

Stat fortuna domūs et avi numerantur avorum. V.

Datif: *ŭ-ī*, *ū*.

Quum fieret paries domŭī communis utrique. O.
Teque aspectū ne subtrahe nostro. V.

Ablatif: *ū*.

Afflictus vitam in tenebris luctūque trahebam. V.

Pluriel. Nom., voc., acc. : *ū-s*.

Atque metūs omnes et inexorabile fatum. V.

Datif, ablatif: *ĭ-bus*, quelquefois *ŭ-bus*.

Fluctĭbus in mediis et tempestatibus urbis. H.
Præmia, de lacŭbus proxima musta tuis. O.

1. On trouve encore des exemples de l'ancienne forme : « *Ejus anŭis causa.* » (Ter. Heaut. II, 3, 46). Suivant Aulu-Gelle (IV, 16), Varron et Nigidius écrivaient toujours *senatuis*, *domuis*, *fluctuis*, etc.

Neutres. *Singulier*. Nom., voc., acc. : *u*[1] dont la quantité est incertaine.

Génitif : *ū* et peut-être *ūs*. Datif : *ŭī* et *ū*. Ablatif : *ū*.

Oppositoque genū curvavit flexile cornu. O.

Pluriel. Nom., voc., acc. : *ŭă*.

Et tenera nondum cornŭă fronte gerens. O.

Datif, ablatif : *ĭbus;* et pour quelques noms seulement : *ŭbus :*

Luna quater junctis implerat cornĭbus orbem. O.
Ut rediit, verŭbus stridentia detrahit exta. O.

CINQUIÈME DÉCLINAISON

Les radicaux sont en *ē*, et l'*ē* reste long à tous les cas. Il s'abrège seulement au génitif et au datif singulier quand il n'est pas précédé d'un *i* : *fidĕi*, *spĕi*, mais *diēi*.

Pluriel : Nominatif, vocatif, accusatif, *ē-s*, génitif, *ē-rum*, datif, ablatif, *ē-bus*.

Sunt lacrimæ rērum et mentem mortalia tangunt. V.

L'*e* et l'*i* sont longs dans les formes abrégées du génitif singulier : *diē*, *diī* ; *famē*, *famī* ; *fidē*, *fidī*[2].

§ 2. CONJUGAISON.

I. QUANTITÉ DES DÉSINENCES PERSONNELLES.

Les désinences personnelles sont : au singulier, à la première personne *m*, *o*, *r* : *amem*, *amo*, *amabo*,

1. Les exemples allégués en faveur de l'allongement de *u* au nomin., à l'acc. et au voc. sont tous incertains. Il en est de même du génitif *ūs*. Les noms neutres en *u* avaient en même temps une forme en *us* qui était du masculin et quelquefois du neutre, et aussi une autre forme neutre en *um*. Voyez L. Quicherat, *Mélanges de philologie*, p. 15-20.

2. Voyez plus haut, p. 4, note 2.

amor, amabor; amabar; à la seconde, *s, rĭs* ou *rĕ*: *ama-s, ama-rĭs* ou *amā-rĕ;* à la troisième, *t, tŭr*: *ama-t, mone-t, legi-t, audi-t, ama-tŭr, mone-tŭr, legi-tŭr, audi-tŭr;* au pluriel, à la première : *mŭs, mŭr* : *ama-mŭs, ama-mŭr;* à la seconde : *tĭs, mĭnī*: *ama-tĭs, ama-mĭnī;* à la troisième : *nt, ntŭr*: *ama-nt, ama-ntŭr.*

Cantō quæ solitus si forte armenta vocabat. V.
 Dicerĭs exiliis indoluisse meis. O.
Non, ut rerĕ, meas effugit nuntius aures. V.
Aspicit et dulces moriens reminiscitŭr Argos. V.
Et monstrum infelix sacrata sistimŭs arce. V.
Irruimus densis et circumfundimŭr armis. V.
Sic positæ quoniam suaves miscetĭs odores. V.

L'impératif a les désinences *tō, tĕ, tōtĕ, ntō*: *ama-tō, ama-tŏr, ama-tĕ, ama-tōtĕ, ama-ntō, ama-ntŏr.*

Experiar; tu deinde jubetō certet Amyntas. V.
Non dabitur regnis, estō, prohibere Latinis. V.
Quumque loqui poterit, matrem facitōtĕ salutet. O.
Hoc pinguem et placitam paci nutritŏr olivam. V.

En résumé l'*o* est long, et les finales en *e, is, or, ur* sont brèves.

Remarque. L'ō de la première personne du singulier est long jusqu'au temps de l'Empire en général, excepté dans les mots iambiques comme *sciŏ (nesciŏ), putŏ, volŏ*[1]. On ne rencontre que par exception, dans Virgile *nuntiŏ* (Æn., I, 391), *audeŏ* (Æn., XI, 503)[2]; dans Horace *eŏ* (Sat., I, 6, 119), *rogŏ* (Epist., I, 1, 11), *vetŏ* (Sat., I, 1, 104), *dixerŏ* (Sat., I, 4, 104), *obsecrŏ* (Epist. I, 7, 95). — Les exemples se multiplient dans Ovide : *amŏ, canŏ, negŏ, petŏ, rogŏ, conferŏ, desinŏ, credŏ, tollŏ, rependŏ;* et l'usage dès lors devient

---

1. Voyez plus haut, chapitre III, p. 12.
2. Encore dans ces deux passages l'*o* est-il élidé.

général, presque toujours dans les mêmes conditions, après une brève :

> Hoc volŏ, sic jubeo ; sit pro ratione voluntas. Juv.

II. FINALES DES RADICAUX.

Dans les formes du verbe il faut distinguer trois radicaux, le radical du présent, le radical du parfait, le radical du supin et du participe passé.

Remarque. En donnant la quantité de la finale du radical, nous ne tenons compte que de la seconde personne du singulier, de la première et de la seconde personnes du pluriel. La quantité des finales en *o*, *m* est donnée ci-dessus (p. 11 et p. 25). Les finales du passif en *ar*, *er*, *or* sont brèves [1] :

> Eloquăr an sileam ? V.
> Tu facis ut spolium ne sim, neu nudĕr ab illis. O.
> Agrestem tenui meditabŏr arundine musam. V.

Les finales en *t* de la troisième personne du singulier sont brèves, excepté dans certaines formes du parfait [2].

> Aut rastris terram domăt aut quatĭt oppida bello. V.
> Cauda fĭt, utque vagi crines per colla jacebant. O.
> Amnis ĭt insana, nomine Gallus, aqua. O.

Les finales de la troisième personne du pluriel en *nt* sont longues : *amānt*, *faciūnt*.

1. RADICAL DU PRÉSENT.

Les verbes des première, seconde, et quatrième

---

1. Ces finales ont peut-être été longues autrefois. Dans Plaute on peut trouver quelques exemples de subjonctifs en *ār* et de présents en *ōr*, par exemple : « Machinōr astutiam. » (Captiv. 530). Encore dans Ovide (Met. VII, 61) : « Et dis cara ferār et.... »

2. Dans Plaute, les finales *-at*, *-et*, *-it* sont souvent longues : 1° au présent de l'indicatif des première, deuxième et quatrième conjugaisons où la voyelle fait partie du radical ; 2° au subjonctif présent, *faciāt*, *desiderēt* ; 3° aux futurs simple et antérieur : *faciēt*, *optigerīt* ; 4° au parfait, *vendidīt*.

conjugaisons ajoutent à la racine les voyelles *a*, *e*, *i*, et forment ainsi les radicaux *am-ā*, *mon-ē*, *aud-ī* dont la voyelle finale reste longue dans toutes les formes où elle a subsisté, autant que le permettent les règles générales de la quantité et des désinences personnelles: *amā-s*, *monē-s*, *audī-s*.

Dans les verbes de la troisième conjugaison, le radical du présent est formé par l'addition d'un *ĭ* ou d'une syllabe en *ĭ* à la racine: *leg-ĭ-s*, *mit-tĭ-s*, *sĭ-nĭ-s*, *leg-ĭ-t*, *leg-ĭ-mus*, *leg-ĭ-tĭs*; *si-nĭ-t*, etc. L'*i* devient *ĕ* à la seconde personne du singulier du passif et dans certains radicaux formés avec celui du présent: *legĕ-ris*, *legĕ*, *legĕ-rem*, *legĕ-rim*, *legĕ-ro*, *legĕ-re*, ou disparaît: *leg-ebas*, *leg-es*.

Divid-ĭ-mus muros et mœnia pand-ĭ-mus urbis. V.

Dans *vī-s* (de *volo*), *fī-s* (de *fio*), l'*i* est long. Dans toutes les formes d'*eo*, l'*i* de la racine est long, excepté au participe futur et au supin: *ĭturus*, *ĭtum*.

Ībant et regi Turno responsa ferebant. V.
Inclusas animas superumque ad lumen ĭturas. V.

Du radical du présent on forme:

1° L'impératif avec le radical pur: *amā*, *monē*, *audī*, *legĕ*. La voyelle a été apocopée dans *dīc*, *dūc*, *făc*; elle n'a peut-être jamais été ajoutée à *fĕr*.

Principiis obstā, sero medicina paratur. O.
Tu vatem, tu, Diva, monē; dicam horrida bella. V.
Huc periture venī, capias ut digna Camillæ
Præmia. V.
Dūc agĕ, dūc ad nos. V.

Au pluriel, on ajoute *tĕ* dans les première, seconde et quatrième conjugaisons. Dans la troisième, l'*e* du radical se change en *i*:

Præcipites vigilātĕ, viri, et considĭte transtris. V.
Exercēte odiis cinerique hæc mittĭte nostro. V.
Et nostras audīte preces. V.

Remarque. Dans le verbe *dăre*, le radical est allongé à la seconde personne du singulier dans *dā* et *dās*, et composés (*circumdā*, etc.), quoique l'*a* reste bref partout ailleurs (*dăto*, *dăbam*, *dătur*, etc.).

Sed tamen ille deus qui sit, dā, Tityre, nobis. V.
Improba non fuerit si mea charta, dăto. M.
Ferte citi flammas, dătĕ vela, impellite remos. V.

2° Le présent du subjonctif, en ajoutant *ā* dans les seconde, troisième et quatrième conjugaisons : *mone-ā-s*, *leg-ā-s*, *audi-ā-s*; *mone-ā-ris*, *leg-ā-ris*, *audi-ā-ris*; et en substituant *e* à *a* dans la première : *am-ē-s*, *am-ē-ris*.

Vestigēmus et a portu diversa petāmus. V.

Les subjonctifs de *sum*, *possum*, *volo*, *malo*, *nolo*, ajoutent les désinences personnelles à *ī* contracté de *iē* : *malī-s*, *malī-mus*, *malī-tis*.

Atque hæc ut certis possīmus discere signis. V.

3° L'imparfait de l'indicatif en ajoutant *bā*, dans la première et la seconde conjugaisons : *ama-bā-s*, *mone-bā-s*; *ama-bā-ris*, *mone-bā-ris*, et en ajoutant *ēbā* dans les troisième et quatrième conjugaisons : *leg-ēbas*, *capi-ēbā-s*, *audi-ēbā-s*; *leg-ēbā-ris*, *capi-ēbā-ris*, *audi-ēbā-ris*.

Candidior postquam tondenti barba cadēbat. V.
Farra tamen veteres jaciēbant, farra metēbant.
Lenībat dictis animum lacrimasque ciēbat. V.

4° L'imparfait du subjonctif, en ajoutant *rē* : *ama-rē-s*, *mone-rē-s*, *lege-rē-s*, *au-di-rē-s*; *ama-rē-ris*, *mone-rē-ris*, *lege-rē-ris*, *audi-rē-ris*.

Seu pingebat acu; scirēs a Pallade doctam. O.
Troja per incertum peterētur classibus æquor. V.

5° Le futur, dans la première et la seconde conjugaison, en ajoutant *bĭ* : *ama-bĭ-s*, *mone-bĭ-s*; qui devient *bĕ* à la seconde personne du singulier du passif : *ama-bĕ-ris, mone-bĕ-ris.*

Tristis at ille : « Tamen cantabĭtĭs, Arcades » inquit. V.
Sanguine Trojano et Rutulo dotabĕre, virgo. V.

Dans les troisième et quatrième conjugaisons, en ajoutant *ē;* ce qui donne : *leg-ē-s, audi-ē-s, leg-ē-mus, legē-tis, leg-ē-ris, audi-ē-ris* ou *ē-rĕ, -ē-tur, -ē-mur, -ē-mĭnī.*

Carmina tum melius, quum venerit ipse, canēmus. V.
Agmine me inveniēs aut inveniēris in illo. O.
Sic igitur prima moriēre ætate, Properti. PROP.

6° L'infinitif présent en ajoutant *rĕ* pour l'actif : *amā-rĕ, monē-rĕ, legĕ-rĕ, audī-rĕ; rī* (anciennement *rĭĕr*) pour le passif dans les première, seconde et quatrième conjugaisons : *ama-rī, mone-rī, audi-rī;* en allongeant l'*i* final du radical dans la troisième : *legī.*

Parcere subjectis et debellarĕ superbos. V.
Montibus audirī fragor aut resonantia longe. V.
Cœpit et in vitium fortuna labĭĕr æqua. H.

2. RADICAL DU PARFAIT.

Les finales du parfait sont *ī, istī, ĭt, ĭmus, istĭs, ēre, ērunt* ou *ĕrunt: ama-vi-sti, leg-isti, audi-vi-sti.*

Aut quid in eversa vidī crudelius urbe? V.
Lusistī satis; edistī satis atque bibistī. H.
Fudĭmŭs insidiis totaque agitavĭmŭs urbe. V.
Conticuēre omnes intentique ora tenebant. V.
Obstupui, stetĕruntque comæ et vox faucibus hæsit. V.

REMARQUE. Dans les parfaits en *iit, it* est long quand il y a contraction, comme dans *īt, obīt, exīt* pour *iit, obiit, exiit.*

Longius īt; auctor teli Pagasæus Iason. O.
Civis obīt, inquit, multo majoribus impar. L.

Quand il n'y a pas contraction, comme dans *rediit,*

petiit, la finale a toujours été traitée comme longue jusqu'à Sénèque[1] :

Quum gravius dorso *subiīt* onus. H.
Non *adiīt* apte, non legit ideona, credo,
Tempora, nec *petiīt* horamque animumque vacantem. O[2].

On forme le parfait :

1° En ajoutant *ī* à la racine et en la redoublant : le redoublement est bref : *cĕ-cĭdi* (de *cădo*), *cĕ-cīdi* (de *cædo*), *pĕ-pŭli*, *pĕ-pĕri*, *pŭ-pŭgi*, *pŏ-posci*. L's de la racine tombe dans *spŏ-pondi*[3]. — *tŭli*, *fĭdi* (de *findo*), *scĭdi* (de *scindo*) ont perdu leur redoublement[4].

Claudite jam rivos, pueri ; sat prata bĭberunt. V.
Tityre, te patulæ cĕcĭni sub tegmine fagi. V.

2° En ajoutant *i* et en allongeant la voyelle brève de la racine : *scăbo*, *scābi*; *făcio*, *fēci*; *vĕnio*, *vēni*; *vĭdeo*, *vīdi*; *vinco*, *vīci*; *fŏdio*, *fōdi*; *jŭvo*, *jūvi*.

Vēnit summa dies et ineluctabile tempus. V.
Corrupitque lacus, infēcit pabula tabo V.

Remarque. L'*u* était long originairement dans les parfaits des verbes en *uo* (*exuo*, *exui*; *induo*, *indui*, etc.) qui ont le supin en *ūtum*.

3° En ajoutant *si* à la racine qui est toujours longue par nature ou par position : *mī-si*, *lū-si*, *rā-si*, *rō-si*, *suā-si*, *trū-si*, *e-vā-si*, *di-vī-si*, *sen-si*.

Et quos mille die victor sub Tartara mīsi. V.

4° En ajoutant à la racine ou au radical *ui*, *vi*

1. Lachmann, *Commentarius in Lucretium* III. 1042.

2. *Metam.* IX, 610. Ajoutez *Mét.* I, 114; II, 567; III, 546; IV, 317; VII, 170; VIII, 870; XI, 14; XIV, 104 et 766; XV, 63; *Epist.* VI, 31; *Art.* III, 707; *Fast.* II, 341; III, 333 et 474; V, 515, *Pont.* IV, 12, 44, etc.

3. *Bibī* est redoublé à toutes ses formes (*bĭbo*, etc.); *dĕdi*, *stĕti*, *stĭti* sont formés par redoublement.

4. Parfaits archaïques : *tĕtŭli*, *scĭcĭdi*.

(*mŏn-ŭī*, *delē-vī*). La voyelle de la racine ou du radical est toujours longue devant *vi* : *amā-vi*, *pā-vi*, *strā-vi*, *sē-vi*, *nō-vi*.

Insuetum per iter gelidas enāvit ad Arctos. V.
Fortunatus et ille deos qui nōvit agrestes. V.

En résumé tous les parfaits dissyllabes ont la voyelle longue, excepté ceux qui ont ou avaient un redoublement au nombre de six : *bĭbi*, *dĕdi*, *stĕti*, *tŭli*, *fĭdi*, *scĭdi*. On peut y ajouter : *-stĭti*, *-tĭgi*, *-pŭli*, qui ne sont employés qu'en composition : *re-stĭtit*, *con-tĭgit*, *im-pŭlit*.

Du parfait on forme :

1° Le parfait du subjonctif et le futur antérieur en ajoutant au radical dont l'*i* final est remplacé par *ĕ*, *rĭ-s*, *rĭ-mus*, *rĭ-tis*, où l'*i* est commun : *amavĕ-rĭ-s*, *monuĕ-rĭ-s*, *legĕ-rĭ-s*, *audivĕ-rĭ-s*.

Transque caput jace, nec respexerĭs. His ego Daphnin
Aggrediar. V[1].
Miscuerīs elixa simul conchylia tūrdis. H[2].
Forsitan audierīs aliquam certamine cursus. O[3].
Et maris Ionii transierītis aquas. O.
Hæc ubi dixĕrĭtis, servet sua dona rogate. O.

Remarque. L'*i* est toujours bref dans le futur de *sum* : *erĭs*, *erĭmus*, *erĭtis*.

Non erĭmus regno indecores. V.

2° Le plus-que-parfait de l'indicatif en ajoutant *rā* au radical où l'*i* final est remplacé par *ĕ* : *amavĕ-rā-s*, *monuĕ-rā-s*, *legĕ-rā-s*, *audiĕ-rā-s*, *amavĕ-rā-mus*, *amavĕ-rā-tis*, etc.

Audierās et fama fuit : sed carmina tantum.... V.

---

1. Ajoutez *viderĭs*, Virg. *Georg.* III, 465 ; IV, 414.
2. *Sat.* II, 2, 74. Ajoutez II, 5, 101.
3. *Met.* X, 560. Ajoutez XV, 94 ; *Amor.* I, 4, 31-32.

3° Le plus-que-parfait du subjonctif en ajoutant *ssē : amavi-ssē-s, monui-ssē-s, legi-ssē-s, audivi-ssē-s, -ssē-mus, -ssē-tis.*

Sensissēs ultra quod quererere nihil ! O.

4° L'infinitif passé en ajoutant *ssĕ : amavi-ssĕ, monui-ssĕ, legi-ssĕ, audivi-ssĕ.*

Nec Trojam Ausonios gremio excepissĕ pigebit. V.

En résumé, au présent, au parfait et dans les temps qui en sont formés,

1° Les finales en *e* sont brèves,

2° Les finales en *i* sont longues,

3° Les finales en *as* et en *es* sont longues ; — *es* est bref dans la racine de *sum : ĕs* et ses composés, *abĕs, potĕs*, etc.

Natus ĕs e scopulis, nutritus lacte ferino. O.

4° Les finales en *is* sont brèves, excepté 1° à la seconde personne du singulier du présent de l'indicatif, dans les verbes de la quatrième conjugaison : *audī-s*, 2° dans *vīs* (de *volo*), *fīs* (de *fio*), où l'*i* fait partie du radical : *vi-s, fī-s, abī-s*; 3° dans les subjonctifs en *im* (*iem*) où *ī* est contracté de *ĭē : sīs* et les composés *adsīs*, etc., *velīs, nolīs, malīs, ausīs, faxīs*; 4° dans les parfaits du subjonctif et futurs antérieurs, *viderīs* [1].

Adsīs o tantum, et propius tua numina firmes. V.

3. RADICAL DU SUPIN ET DU PARTICIPE PASSÉ.

La voyelle finale du radical est généralement longue.

---

1. Dans Plaute, *is* est généralement long au parfait du subjonctif et au futur antérieur.

A. — L'*a* est long : *amā-tum*, *mutā-tum*, *spectā-tum*, *cā-sum*, etc.

Spectātum veniunt, veniunt spectentur ut ipsæ. O.

Il est bref dans *dătum*, *rătum*, *sătum*, *stătum* (de *sisto*).

Qua dăta porta ruunt, et terras turbine perflant. V.

E. — L'*e* est long : *delē-tūm*, *sprē-tum*, *ē-sum*.

Judicium Paridis sprētæque injuria formæ. V.

I. — L'*i* est long : 1° dans tous les verbes qui forment leur parfait en *ivi* : *audī-tum*, *lacessī-tum*, excepté *ĭ-tum* (du verbe *eo*), *cĭtum* (de *cieo*[1]) et les composés *concĭtum*, *excĭtum*, *incĭtum*, *percĭtum*[2].

Deinde eo dormītum. H.

2° dans *oblī-tus* (de *obliviscor*)[3].

Lenibant curas et corda oblīta laborum. V.

3° dans les verbes qui forment leur supin en *sum* : *divī-sum*, *gavī-sum*.

Et penitus toto divīsos orbe Britannos. V.

L'*i* est bref 1° dans les verbes de la seconde conjugaison : *monĭ-tum*, *habĭ-tum*; 2° dans tous ceux qui ne forment pas leur parfait en *ivi* : *vetĭ-tum*, *obsĭ-tus*, *posĭ-tum*, *agnĭ-tum*, *cognĭ tum*, etc.

Cedamus Phœbo et monĭti meliora sequamur. V.

---

1. Il faut ajouter les formes peu usitées *quĭtum* (queo), *sĭtum* (sino), *desĭtum* (desino).

2. On ne trouve qu'*accītus* et *percĭtus*. Il n'y a pas d'exemple certain d'*incītus* (Cic. De Nat. D. II, 35, 89). On trouve ordinairement *concĭtus* et aussi souvent *excĭtus* qu'*excītus* (Neue, *Formenlehre der Lateinischen Sprache*, II, 582).

3. Il ne faut pas confondre cette forme avec *oblĭtus* (d'*oblĭno*, *oblēvi*) :
Divitiæque peregrinæ quibus oblĭtus actor. H.

O. — L'*o* est long : *mō-tum*, *nō-tum*, etc.

Quos ego.... sed mōtos præstat componere fluctus. V.

U. — L'*u* est long : *imbū-tum*, *indū-tum*, *solū-tum*, *lū-sum*, etc.

Hei mihi, qualis erat! Quantum mutatus ab illo
Hectore, qui redit exuvias indūtus Achillis! V.

Il est bref dans les composés de *ruo* : *obrŭtum*, *dirŭ-tum*, *erŭ-tum*.

Aut Ida in magna radicibus erŭta pinus. V.

V

PRONOMS.

Personnels. — La finale d'*egŏ* est brève, celle de *meī*, *tuī*, *suī*, *nostrī*, *vestrī* (qui sont les génitifs des pronoms possessifs *meus*, etc.), est longue; la finale de *mihĭ*, *tibĭ*, *sibĭ* est commune.

Ast egŏ, quæ divum incedo regina, Jovisque. V.
Nil nostrī miserere, mori me denique coges. V.
Templa tibī statuam, tribuam tibī turis honores. O.

Les monosyllabes *tū*, *mē*, *tē*[1], *sē*, *nōs*, *vōs* sont longs; les deux syllabes sont longues dans *nōbīs*, *vōbīs*.

Tityre, tū patulæ recubans sub tegmine fagi. V.
Exstinxsti tē mēque, soror, populumque patresque. V.
Arboribus venti, nōbīs Amaryllidis iræ. V.

---

1. Il ne faut pas confondre le pronom *tē* avec le suffixe *tĕ* qui est bref : « De rebus tutĕ loquaris Ipse tuis. » (Prop. III, 14, 25.) — Au contraire dans *mēmē* et *sēsē*, c'est le pronom qui est redoublé.

DÉMONSTRATIFS, INDÉFINIS, INTERROGATIFS, RELATIFS. — Nominatif singulier : Les finales en *e*, *d*, *r*, *ĭs*, sont brèves ; *illĕ*, *istĕ*, *ipsĕ*, *ĭs*, *quĭs* (dans *quivĭs*, *quæ-vĭs*, etc., *vis* est la 2e personne de *volo*), — *ĭd*, *quĭd*, *quŏd*, — *altĕr*, *utĕr*, *neutĕr*, *nostĕr*, *vestĕr* ; — *hĭc* est commun ; *hōc*, long[1].

Ipsĕ gubernaclo rector subit, ipsĕ magister. V.
Si quĭs Olympiacæ miratus præmia palmæ. V.
Quidquĭd ĭd est, timeo Danaos et dona ferentes. V.
Tractus uter plures lepores, utĕr educet apros. H.
Hic vir, hĭc est tibi quem promitti sæpius audis. V.
Atque ait : hīc hīc est quem ferus urit Amor. O.
Hōc opus, hic labor est. V.

Au génitif, *us* est bref : *hujŭs*, *cujŭs*, *ejŭs*, *illiŭs*[2], etc.

Illiŭs immensæ ruperunt horrea messes. V.

Au datif, *huĭc*, *cuī*[3] ne comptent que pour une syllabe chez les bons poètes.

Huĭc uni forsan potui succumbere culpæ. V.
Cuī tu lacte favos et miti dilue baccho. V.

Dans *quĭbus*, l'*i* est bref :

Di quĭbus imperium est animarum, umbræque silentes. V.

Dans *īdem*, l'*i* est long au masculin *īdem* pour *isdem* ; il est bref au neutre *ĭdem*.

Īdem ambas ferro dolor atque eadem hora tulisset. V.
Nil prodest quod non lædere possit ĭdem. O.

Dans *tŏt*, *tŏtus*[4] ; *quŏt*, *quŏtus*, l'*o* est bref.

---

1. L'*o* est bref au nominatif, mais le *c* se prononce double : *hocc opu* Dans l'ablatif *hoc*, l'o est long et le *c* simple.

2. Pour la quantité de la pénultième dans *illius*, *ipsius*, etc., voy. plus haut, p. 4 et 5.

3. A partir de Martial, on trouve aussi *cui* formant deux syllabes brèves.

4. Il ne faut pas confondre ce mot peu usité avec *tōtus* (tout entier dont l'o est long.

Nosse quŏt Ionii veniant ad littora fluctus. V.
Detrahitur summæ tŏta pars quŏta demitur inde. Manil.

VI.

NOMS ET ADVERBES DE NOMBRE.

Finales. Dans les noms indéclinables, l'*a* et l'*i* sont longs : *trigintā*, *vigintī*, l'*e* est bref, *quinquĕ*, *millĕ*, l'*o* est bref dans *dŭŏ*, *quatŭŏr*, long dans *octō*[1].

Trigintā magnos volvendis mensibus orbes. V.
Quatuŏr hinc rapimur vigintī milia rhedis. H.
Quinquĕ tenent cælum zonæ. V.
Et tripodas geminos, auri duŏ magna talenta. V.

Dans les adverbes, les finales en *el*, *is*, *er* sont brèves : *semĕl*, *bĭs*, *tĕr*, *quătĕr*, la finale en *es* (anciennement en *ens*) est longue : *deciēs*, *viciēs*, etc.

Quo sĕmĕl est imbuta recens servabit odorem. H.
Tum bĭs ad occasum, bis se convertit ad austrum. O.
Ipse tĕr adducta circum caput egit habena. V.
Substitit, atque utero sonitum quatĕr arma dedere. V.
Ægrotas uno deciēs aut sæpius anno. M.

Radicaux. L'*u* est long dans *ūnus*, et l'*i* dans *prīmus*, *bīmus*, *trīmus*.

His amor ūnus erat, pariterque in bella ruebant. V.
Prīmus inire manu, postremus ponere martem. Sil.
Tum vitulus bīma curvans jam cornua fronte. V.

L'*a* est long dans *quātuor*[2], bref dans *quăter*, *quă-*

---

1. Il devient bref dans Martial et Juvénal.

2. Voir un exemple ci-dessus. — On écrit aussi *quattuor*, et alors on considère la première syllabe comme longue par position.

terni. L'*o* est bref dans *nŏvem*, long dans *nōnus*, *nōnaginta*.

Jamque dies epulata nŏvem gens omnis, et aris. V.
Sufficit in nōnam nitidis octāva palæstris. M.

L'*e* est bref dans *dĕcem*[1], *sĕcundus*.

Les radicaux *vī-*, *trī-*, *quadrā-*, *quinquā-*, *sexā-*, *septuā-*, *octō-* et *octā-*, *nonā-* forment par dérivation un certain nombre de noms et d'adverbes : *viginti*, *vigesimus*, *viceni*, *vicies*, *triginta*, *trigesimus*, *triceni*, *tricies*, *quadraginta*, etc., *octoginta*, *octavus*[2].

Quinquāginta atris immanis hiatibus hydra. V.
Et tua trīcenos largitur sportula nummos. M.

Les radicaux *duŏ*, *dŭ*, *trĕ*, *sē*, forment par composition *duŏdĕcim*, etc, *trĕdĕcim*, *dŭcenti*[3], *dŭcēni*, etc., *trĕcenti*, *trĕcēni*, etc., *sēdĕcim*, etc.

Per duŏdena regit mundi sol aureus astra. V.
Habebat sæpe dŭcentos
Sæpe dĕcem servos. H.
Illa fama refert Fabios exisse trĕcentos. O.

La pénultième des noms de nombre distributifs est toujours longue : *bīni*, *trīni*, *dēni*, *septēni*, etc.

Bīna manu lato crispans hastilia ferro. V.
Septem ingens gyros, septēna volumina traxit. V.

SUFFIXES. L'*i* est bref dans *ĭmus* : *septĭmus*, *decĭmus*, etc.; l'*e* est long dans *ēsĭmus* : *centēsĭmus*, etc.

Alter ab undecĭmo tum me jam acceperat annus. V.
Inter mille rates tua sit millēsima puppis. O.

---

1. Voir un exemple ci-dessous.

2. Voir un exemple ci-dessus.

3. C'est à tort que les manuscrits de Nonius (p. 544 Merc.) attribuent un exemple de *dūcentum* à Lucilius.

VII.

ADVERBES, PRÉPOSITIONS, CONJONCTIONS, INTERJECTIONS.

A final est long : *circā*, *frustrā*, *intereā*, etc.

Ter frustrā comprensa manus effugit imago. V.

Il est bref dans les dissyllabes qui commencent par une brève : *ĭtă*, *quĭă*, *pŭtă* et l'interjection *eiă*.

Atque hic responsum paucis ită reddidit heros. V.

E final est long : 1° dans les adverbes dérivés d'adjectifs en *us* : *altē*, *damnosē*, *durē*, *indignē*, etc.[1] ; 2° dans *ferē*, *fermē* ; 3° dans les adverbes formés de *die-s* : *hodiē*, *pridiē* ; 4° dans *quarē* (formé de *qua*, *re*) ; 5° dans l'interjection *ohē*.

Præcipuē dum frons tenera imprudensque laborum. V.
Jamque ferē sicco subductæ littore puppes. V.
Mobilis et varia est fermē natura malorum. Juv.
Nunquam omnes hodiē moriemur inulti. V.
Et si quis quærat quarē pugnare recuses. O.
Ohē, jam satis est. M.

E final est bref : 1° dans *malĕ* (de *malus*), *benĕ* (de *bonus*) ; 2° dans les enclitiques *quĕ*, *vĕ*, *nĕ* ; *cĕ* (hicce), *tĕ* (tute), *ptĕ* (meapte)[2] ; 3° dans les autres mots indéclinables : adverbes, *fortĕ*, *facilĕ*, *impunĕ*, *ritĕ*, *temerĕ*, *nempĕ*, *indĕ*, *herĕ*, *mānĕ*, *pænĕ*, *repentĕ*, *spontĕ*, *sæpĕ* ; prépositions : *antĕ*, *ponĕ*, *propĕ*, *sinĕ*.

---

1. Excepté *malĕ*, *benĕ*.

2. On ajoute quelquefois les adverbes *inferne* et *superne* dont les exemples sont contestés. Leur finale était plutôt longue.

Fortĕ recensebat numerum carosquĕ nepotes. V.
Non benĕ compositas comptus ut antĕ comas. O.

I final est long dans *sī*, *utī* (mais *utĭnam*[1]), *velutī*, *herī*, *vesperī*, *temperī*;

Purpureus velutī quum flos succisus aratro. V.

Il est bref dans *nisĭ*, *quasĭ*, *necubĭ*, *sicubĭ*;

Experiar sensus; nihil hic nisĭ carmina desunt. V.

Il est commun dans *ibĭ*, *ubĭ* (mais *ubīque*).

O final est long dans les adverbes qui sont formés avec l'ablatif : *adeō*, *continuō*, *meritō*, *serō*, etc.; dans *ergō*, *immō*; *quandō*[2].

Principiis obsta; serō medicina paratur. O.
Fortunate senex, ergō tua rura manebunt. V.

Il est bref dans les dissyllabes qui commencent par une brève, *citŏ*, *modŏ* et ses composés *postmodŏ*, *quomodŏ*, dans l'interjection *ehŏ*.

Insequere, et voti postmodŏ compos eris. O.

U final est long : *diū*, *noctū*, *sĭmītū*.

Phœbe, diū, res si qua diū mortalibus ulla est
Viximus. V.

La finale en *C* est longue : *sīc*, *hīc*, *illīc*, *istīc*, *istūc*, *istāc*[3], etc.

Illīc officiant lætis ne frugibus herbæ. V.

Elle est brève dans *donĕc*, *nĕc*.

Donĕc eris felix, multos numerabis amicos. O.

---

1. Voir, pour les mots composés, le chapitre IX, p. 55.

2. On trouve aussi l'*o* final employé comme bref dans ces mots à partir de Stace, Juvénal et Martial.

3. Et dans *ac*, qui ne se trouve que devant une consonne.

Les finales des polysyllabes en *D*, *T*, *N*, *L*, *R*, sont brèves : *apŭd*, *velŭt*, *sicŭt*, *forsăn*, *forsităn*, *tamĕn*, *procŭl*; — *intĕr*, *brevitĕr*, *fidelitĕr*, *sempĕr*, etc.

Pugnabant alii tardis apŭd Ilion armis. O.
Ac velŭt optato ventis æstate coortis. V.
Forsităn et Priami fuerint quæ fata requiras. V.
Innocui veniant; procŭl hinc procŭl impius esto. O.
Non retinent patulæ commissa fidelitĕr aures. H.

Remarque. *Exin*[1], *proin* ne se trouvent que devant une consonne.

S. — *AS* est long : *crās*, *aliās*, *forās*. — *ES* est bref dans *penĕs*. — *IS* est long dans *forīs*, *gratīs* (primitivement *grātiīs* qui se trouve toujours ainsi dans Plaute), bref dans *satĭs*, *nimĭs*, *magĭs*, — *US* est bref : *funditŭs*, *cominŭs*, *tenŭs*, etc.

Quam prolapsa forās enaret in aeris auras. Lucr.
Quem penĕs arbitrium est et jus et norma loquendi. H.
Nec facis hoc gratīs; accipis ut taceas. M.
Solvite me pueri; satĭs est potuisse videri. V.
Quæ totam luctu concussit funditŭs urbem. V.

Les monosyllabes terminés par une voyelle sont longs : *Ā* ou *Hā*, *Hei*, *O*, *Hē*, *ā*, *dē*, *nē*, *prō*; excepté les enclitiques *quĕ*, *vĕ*, *nĕ*, *tĕ*, *cĕ*, *psĕ*, *ptĕ*, dont il a été question plus haut.

Les monosyllabes terminés par une consonne sont brefs : *ăb*, *ăt*, *săt*, *ăd*, *ĕt*, *sĕd*, *vĕl*, *pĕr*, *ĭn*, *ŏb*, *ŭt*, *sŭb*; excepté : *ēn*, *nōn*, *quīn*, *sīn*, *cūr*[2].

---

1. *Exin* est souvent écrit *exim*. Il est douteux que l'*i* soit long.

2. Et les mots mentionnés ci-dessus : *crās*, *sīc*, *hīc*, *hāc*, *hūc*.

VIII.

MOTS DÉRIVÉS

NOTIONS GÉNÉRALES.

Les noms, les verbes et les adverbes sont *primitifs* ou *dérivés.*

Ils sont primitifs quand le radical est formé avec une racine : *dom-u-s*, *am-a-mus*, *ist-u c.* Le radical ainsi formé est un radical *primaire* et ce qui s'ajoute à la racine est un suffixe *primaire.*

Ils sont dérivés quand le radical est formé avec le radical d'un nom ou d'un verbe, *avari-tia-m*, *pauper-tat-is*, *ariet-ino-s*, *ama-tor-is* ; *dic-ta-re*, *cena-turi-re*, *brevĭ-ter.*

Le radical ainsi formé est un radical *secondaire*, et ce qui est ajouté au radical du nom ou du verbe pour former un nom ou un verbe dérivé est un suffixe *secondaire* ou plus particulièrement un *suffixe : tia*, *tat*, *ino*, *tor*, *ta*, *turi*, *ter.*

En général, la voyelle de la racine a, dans les dérivés, la même quantité que dans les primitifs.

Il y a un certain nombre de mots où le même radical n'a pas la même quantité.

păciscor	— **pāc-is, pāc-o**
plăc-eo	— **plāc-o.**
dĭc-ax, dĭc-are	— **dīc-o.**
lĭqu-eo, lĭqu-or	— **līqu-or (eris).**
suspĭc-or	— **suspīc-io.**
vŏc-o, vŏc-abulum	— **vōc-is, vōc-alis.**
dŭc-is, e-dŭc-o (*élever*)	— **dūc-o.**
lŭc-erna	— **lūc-is, lūc-eo.**
sŭ-cula	— **sū-men.**
ăg-o	— **amb-āg-es.**

săg-ax	—	præ-săg-io, săg-a.
lĕg-o	—	lēg-is, col-lēg-a, col-lēg-ium.
rĕg-o, rĕg-imen	—	rēg-is, rēg-ina, nēg-ula.
tĕg-o, tĕg-imen	—	tēg-ula.
stăt-us, stă-bulum.	—	stāturus.
dĭŭ-turnus.	—	dĭū, dĭū-tĭnus.
sĕd-eo, sĕd-ile	—	sēd-es.
fĭd-ēs, fĭd-elis, per-fĭdus	—	fīd-o, fīd-us, in-fīdus, fīd-ucia.
pŭs-illus	—	pūs-io.
sŏp-or	—	sōp-io.
lĭb-et	—	līb-er.
bŭb-ile, bŭb-ulcus	—	būb-ulus, būc-ula
rŭb-er, rŭb-eo	—	rūb-igo, rūb-idus.
fĕr-alia	—	fēr-alis.
ădŏr-is	—	ădōr-eus (ea, eum).

§ 1. NOMS ET ADJECTIF DÉRIVÉS

1° SUFFIXES COMMENÇANT PAR UNE CONSONNE.

Dans les noms dérivés de verbes, le suffixe s'ajoute en général au radical du supin et du participe passé : *spectā-culum*, *vocā-bulum*, *stă-bulum* (*stătum*, de *sisto*), *mō-mentum*, *lenī-men*, *acū-men*. Mais dans les dérivés de verbes de la 3e conjugaison, la finale du radical est souvent *ĭ* ou *ŭ* : *tegĭ-men* ou *tegŭ-men*. On dit aussi *monĭ-mentum*, et plus souvent *monŭ-mentum*.

Dans les dérivés de noms, la voyelle finale du radical devient souvent un *i* qui est presque toujours bref.

cĭnĭo. — La voyelle du radical, qui est un nom, est en *ō* : *tirō-cĭnĭum*, *patrō-cĭnĭum*, *latrō-cĭnĭum*, *lenō-cĭnĭum*.

Difficilis causæ mite patrōcinium. O.

cillo. — *codĭ-cilli*, *penĭ-cillum*.

Pudica et proba, redde codĭcillos[1]. CAT.

---

1. Vers phalécien.

cīno. — *morti-cīnus*.

Urnas reorum mortĭcīnas lambere. PRUDENT.

cŭlo, cŭla. — 1° RADICAUX DE VERBES : *piā-cŭlum, habitā-cŭlum, cenā-cŭlum, novā-cŭla* (de *novo*) ; — *ridĭ-cŭlus, terrĭ-cŭlum* ; — *vehĭ-cŭlum, devertĭ-cŭlum, currĭ-cŭlum*, — *nutrī-cŭla, perī-cŭlum* (com-perī, ex-perī), *redĭmī-cŭlum*, — *indū-cŭla*, — *pō-cŭlum*.

Currĭcŭlo gravis est facta ruina meo. O.
Et tunicæ manicas et habent redimīcŭla mitræ. V.

2° RADICAUX DE NOMS : L'*i* final du radical est bref : *fœnĭ-cŭlum, apĭ-cŭla, aurĭ-cŭla, fontĭ-cŭlus, versĭ-cŭlus, anĭ-cŭla, fidĭ-cŭla*, etc. — *Janĭ-cŭlum*.

Causaque versĭcŭlis scripta duobus erit. O.

Excepté dans 6 radicaux : *canī-cŭla, clavī-cŭla, cratī-cŭla, cutī-cŭla, vitī-cŭla* ; *cunī-cŭlus* et le nom propre *Satīcŭlus*.

Nec grave te tempus sitiensve Canīcula tardet. O.
Qualis ferratos obicit clavīcula dentes. GERMAN.
Parva tibi curva cratīcula sudet ofella. M.
Semper et assiduo curata cutīcula sole. PERS.
Dulci namque tumet nondum vitīcula baccho. VAL. CATO.
Gaudet in effossis habitare cunīculus antris. M.

REMARQUE. L'*i* est long dans les adjectifs en *ōsus* formés avec ces diminutifs : *febrī-culosus, pedī-culosus*[1], *sitī-culosus, somnī-culo-sus*.

L'*e* et l'*u* sont longs : *vulpē-cŭla, plebē-cŭla, veprē-cŭla, diē-cŭla, spē-cŭla*, — *subū-cŭla, venū-cŭla*.

Aut ursum aut pugiles : his nam plebēcula gaudet. H.
Nam facie præstant ; venūcula convenit ollis. H.

cundo. — Les radicaux en *a, e, u*, sont longs,

1. Exemple incertain de Martial (XII, 59, 8).

ceux en *i* sont brefs : *fā-cundus* (de *fari*), *irā-cundus ; fē-cundus, verē-cundus ; rubĭ-cundus, jū-cundus* (de *jŭvo, jūvi*).

Non formosus erat, sed erat fācundus Ulysses. O.
Et rubĭcunda ceres medio succiditur æstu. V.

tās, *tāt-is*. — L'*i* final du radical de l'adjectif est bref : *rusticĭ-tas, simplicĭ-tas, verĭ-tas*, et devient *ĕ* dans les adjectifs en *ius : anxiĕ-tas, ebriĕ-tas, sobriĕ-tas, piĕ-tas*, etc.

Nec sua credulĭtas piscem suspenderat hamo. O.
Perpetua anxiĕtas nec mensæ tempore cessat. Juv.

tia, tie-s. — L'*i* final du radical de l'adjectif est bref : *amicĭ-tia, justĭ-tia, mœstĭ-tia, segnĭ-tiēs, avarĭ-tiēs*, etc.

Discite justĭtiam moniti et non temnere divos. V.

tĭco. — L'*i* est bref dans le suffixe *tĭcus : aquatĭcus, rustĭcus, domestĭcus*, etc.

Pollio amat nostram, quamvis est rustĭca, musam. V.

tino. — L'*i* est bref dans *annotĭnus, hornotĭnus, serotĭnus, diutĭnus, pristĭnus, crastĭnus*.

Excidit, atque novæ rediere in pristĭna vires. V.

L'*i* est long dans *clandestīnus, festīnus, intestīnus, mediastīnus, vespertīnus, caprotīnæ* (s.-ent. *Nonæ*), *Libitīna*.

Nec vespertīnus circumgemit ursus ovile. H.

tūs, *tū-s*. — L'*i* du radical est long dans les mots dérivés de verbes de la quatrième conjugaison : *accītus, hinnītus, prurītus, mugītus, sortītus, tinnītus, vagītus*, etc.

Mugītusque boum mollesque sub arbore somni. V.

Il est bref dans les autres : *ambĭ-tus*, *exĭ-tus*, *habĭ-tus*, *spirĭ-tus*, etc.

Dum memor ipse mei, dum spirĭtus hos regit artus. V.

tūdo ; **tūs**, *tūt-is*. — L'*i* du radical est bref : *pulchrĭ-tūdo*, *fortĭ-tūdo*, *multĭ-tūdo*, *sollicĭ-tūdo*, — *servĭ-tus* ;

Tene, ut ego accipiar laute, torquerier omni
Sollicĭtūdine districtum. H.

bĭli et **bŭlo**. — La voyelle qui précède les suffixes *bĭli*, *bŭlo* a la même quantité que dans le radical du supin : *amā-bĭlis*, *horrĭ-bĭlis*, *flexĭ-bĭlis*, *credĭ-bĭlis*, *mō-bĭlis*, etc. — *fā-bŭla*, *tintinnā-bŭlum*, *stă-bŭlum*, *pābŭlum*[1], *latĭ-bŭlum*, *trī-bŭlum* (herse)[2]. Ajoutez *săbŭlum*.

Sit procul omne nefas, ut ameris amābĭlis esto. O.
Nunc etiam horrĭbĭli visu portenta sequuntur. V.
Propulit e stăbulis ad pābula nota capellas. (*Culex*, 45.)

bundo. — *errā-bundus*, *mirā-bundus*, *deplorā-bundus*, *fremĕ-bundus*, *gĕmĕ-bundus*, *pudĭ-bundus*, *morĭ-bundus*, *querĭ-bundus*.

Errābunda bovis vestigia. V.
Ille quidem totam gemĕbundus obambulat Ætnam. O.
Excussus curru, morĭbundus volvitur arvis. V.

men ; **mento**. — *strā-men*, *fundā-mentum* ; — *sē-men* (de *sĕro*, *sēvi*), *incrē-mentum* ; — *regĭ-men*, *specĭ-men*, *tegĭ-men*, *alĭ-mentum*, — *vī-men*, *pavī-mentum*, *rudī-mentum* ; — *nō-men*, *mō-mentum* ; — *colŭ-men*, *tegŭ-men*, *docŭ-mentum*, *monŭ-mentum* ; — *acū-men*, *legū-men*, *volū-men*, *frū-mentum*.

Remarque. La voyelle du radical est longue dans les dissyllabes en *men* : *grā-men*, *sē-men*, *crī-men*, *lī-men*, *ō-men*, *flū-men*, *lū-men*, *nū-men*, *sūmen*.

---

1. *Pā-bŭlum* est pour *pas-bŭlum*.
2. *Trĭbŭlus* (chardon) vient du grec τρίβολος.

mĭno, mĭna. — L'ĭ est bref : *termĭnus*, *lamĭna*, *femĭna*, *gemĭnus*, etc.

Prodiga non sentit pereuntem femĭna censum. Juv.

mōnio. — *querĭ-mōnia*, *vadĭ-mōnium*, *testĭ-mōnium*, *matrĭ-mōnium*, *cærĭ-* ou *cærĕ-mōniæ*, etc.

Pullati proceres; differt vadĭmōnia prætor. Juv.

Les suffixes *tĭmus*, *sĭmus*, *lĭmus*, *rĭmus* dans les superlatifs, ont l'*i* bref.

Fraxinus in silvis pulcherrĭma, pinus in hortis. V.

2° SUFFIXES COMMENÇANT PAR UNE VOYELLE.

ātus, *ītus*, *ūtus* s'ajoutent à des radicaux de noms : *barbātus*, *togātus*, *aurātus*, *nostrātus*, *fœderātus*, *aculeātus*, *aurītus*, *avītus*, *crinītus*, *turrītus*, *astūtus*, *cornūtus*, *nasūtus*.

āgo, *īgo*, *ūgo*, *īdo*, *ēdo*, *ētūdo* : *imāgo*, *vorāgo*, *propāgo*, *indāgo*, *virāgo* ; — *orīgo*, *prurīgo*, *rubīgo* ; — *ærūgo*, *ferrūgo*, *lanūgo* ; — *cupīdo*, *libīdo*, *formīdo* ; — *torpēdo* ; — *consuētūdo*.

A.

L'*a* est constamment long[1] :

ac[2] — *min-āc-em*, *fer-āc-em*, etc.

aco — *mer-ācus*, *op-ācus*, etc.

aca — *clo-āca*.

aceo — *chart-āceus*.

acŭlo — *vern-ācŭlus*, *tabern-ācŭlum*, etc.

---

1. Sauf dans *anăs*, *anătis*.
2. Ou *aci*.

ati — *nostr-ātem*, *Arpin-ātis*, etc.

atĭcus — *fan-ātĭcus*, etc.

atĭli — *aqu-ātĭlis*, *umbr-ātĭlis*, *fluvi-ātĭlis*, etc.

ato — *equit-ātus*, *sen-ātus*, etc.

ali, **ari**, **ario** — *mort-ālis*, *anim-ālia*, — *tal-āria*, *calc-āribus*, *sol-āris*, — *contr-ārius*, *temer-ārius*, *tabul-arium*, etc.

aro — *av-ārus*, *ign-ārus*, etc.

amento — *atr-āmentum*, etc.

anus — *Sull-ānus*, *hum-ānus*, *prof-ānus*[1], etc.

aneo — *subit-āneus*, etc.

E.

L'*e* est long, excepté dans un certain nombre de mots en *erus*.

eto — *oliv-ētum*, *vir-ētum*, *dum-ētum*, etc.

ena — *hab-ēna*, *verb-ēna*, etc.

eno — *ali-ēnus*, *terr-ēnus*, etc.

emo — *postr-ēmus*, *supr-ēmus*, etc.

ela — *tut-ēla*, *cand-ēla*, *quer-ēla*, *loqu-ēla*, etc.

eli — *fid-ēlis*, *crud-ēlis*, *patru-ēlis*, etc.

ero — L'*e* est long : *procērus*, *sincērus*, *austērus*, *sevērus*, etc.

Il est bref dans les adjectifs dérivés de prépositions : *inf-ĕrus*, *post-ĕrus*, *ext-ĕrus*, *prop-ĕrus*, *sup-ĕrus*[2], et dans les substantifs *numĕrus*, *humĕrus* ou *umĕrus*.

---

1. *Sēquăna* est un mot étranger.

2. Dans les adjectifs *fĕr-us*, *effĕ-rus*, et dans le substantif *hĕrus* ou *ĕrus*, c'est le radical qui est bref.

O, U

L'*o* et l'*u* sont longs, excepté : dans *ŭlus*, *ŭlentus*, dont l'*u* initial devient *ŏ* après *i* ou *e*, *ŏlus*, *ŏlentus* : *parv-ŭlus*, *cornīc-ŭla*; *fili-ŏlus*, *lute-ŏlus*; *lut-ŭlentus*, *sanguĭn-ŏlentus*.

Si quis mihi parvŭlus aula. V.
Quum flueret lutŭlentus, erat quod tollere velles. H.
Quod tibi filiŏlus vel filia nascitur. Juv.

ono, ona[1] — *patr-ōnus*, *matr-ōna*, *ann-ōna*, *Bellōna*, etc.

oc[2] — *fer-ōc-is*, *atr-ōc-is*, etc.

oneo — *err-ōneus*, etc.

oro, orio — *can-ōrus*, *son-ōrus*; *cens-ōrius*, *tentōrium*, etc.

oso — *form-ōsus*, *jŏc-ōsus*, etc.

uco — *cad-ūcus*, etc.

uca — *lact-ūca*, *verr-ūca*, etc.

uli — *ed-ūlis*, *ped-ūlis*, *trib-ūlis*, *cur-ūlis*, etc.

ura — *vect-ūra*, *cens-ūra*, etc.

uno, una — *trib-ūnus*, *lac-ūna*, *fort-ūna*, *opport-ūnus*, etc.

I.

L'*i* initial du suffixe est bref dans les uns, long dans les autres.

ic[3] est long dans les noms en *ix*. Voy. ci-dessus p. 16.

---

1. *Matrōna* (la Marne), *Lingŏnes* (les Lingons), *Saxŏnes* (les Saxons), etc., sont des noms étrangers (Cf. p. 61).

2. Ou *ōci*.

3. Ou *īci*.

ico (*icus*, *ici*), **ica**, **icu** (*icus*, *icūs*). — L'*i*[1] est bref en général : *villĭ-cus*, *pedĭ-ca*, *manĭ-ca*, *portĭ-cus*, — *medĭ-cus*, — *modĭ-cus*, *tetrĭ-cus*, *hostĭ-cus*, et autres adjectifs dérivés de substantifs.

Ajoutez les mots d'étymologie inconnue : *mantĭca*, *pertĭca*, *trĭtĭcum*, *brassĭca*, *ulpĭcum*, *fulĭca*, *lubrĭcus*, *vomĭca*, *tunĭca*, — *Massĭcus*.

Remarque. *Scutĭca*, *ălĭca*, *cārĭca*, *betŏnĭca* ou *vettŏnĭca* viennent de mots grecs ou formés sur le type grec (σκυτική, ἄλιξ, Κᾶρες, *Vettŏnes*). *Utĭca* est un mot étranger.

L'*i* est long : 1° Dans les substantifs dérivés suivants : *lectīca*, *urtīca*, *lorīca*, *rubrīca* ;

Lorīcam clypeique ingens onus impedit hasta. V.

2° Dans les substantifs d'étymologie inconnue : *mendīcus*, *lumbrīcus*, *formīca*, *vesīca* ;

Exemplo est magni formīca laboris. H.

3° Dans les adjectifs dérivés : *amīc-us*, *in-ĭm-īcus*, *pŭd-īcus*, *apr-īcus* (de *apĕrīre*), *ant-īcus* (de *ante*), *post-īcus* (de *post*) et l'adjectif composé *oblīquus* (de *ob* et *liquis*) ;

Et casum insontis mecum indignabar amīci. V.

4° Dans les noms propres : *Ustīca*, *Lăbīci*, *Palīci*, *Mărīca*, *Alărīcus*, *Maurīcus*.

icio — L'*i* est bref dans les dérivés des noms : *tribunĭcius*, *patrĭcius*, *prætorĭcius*, *natalĭcius*, etc.

Et natalĭcium cognatis ponere lardum. Juv.

L'*i* est long dans les dérivés des participes passés passifs : *ascriptīcius*, *conductīcius*, *cæsīcius*, *suppositīcius*, etc., et dans *multīcius*, *novīcius*.

---

1. On ne peut distinguer entre le suffixe *cus* s'ajoutant à un radical en et le suffixe *ĭcus* répondant au suffixe grec ικός.

Hermes supposilīcius sibi ipsi. M[1].

ĭdo. — L'*i* est bref : *algĭdus, calĭdus, callĭdus, florĭdus*, etc.

Turbĭdus hic cœno vastaque voragine gurges. V.

ino, ina. — L'*i* est bref : 1° dans les adjectifs suivants : *perendĭnus, nundĭnus* (de *novem dies*) · *fagĭnus, oleagĭnus, ferrugĭnus* (les autres adjectifs en *ĭnus* comme *crystallĭnus* viennent d'adjectifs grecs en ινος).

2° Dans les substantifs suivants, *succĭnum, fuscĭna, pedicĭnus, ricĭnus, sarcĭna, pagĭna, pastĭnum, pampĭnus, asĭnus, fraxĭnus, fiscĭna, domĭnus, parietĭna, glutĭnum* ;

Quam sibi quæ Vari præscripsit pagĭna nomen. V.

3° Dans les noms propres : *Fucĭnus, Licĭnus, Proserpĭna, Arimĭnum, Sarsĭna, Casĭna;*

Nec repetita sequi curet Proserpĭna matrem. V.

Remarque. Les mots *acĭnum, circĭnus, gausapĭna, galbĭnum, cophĭnus* viennent de mots grecs où ανη, ανον, répondent à *ĭna, ĭnum*. De même *Catĭna* (Κατάνη), *patĭna* (πατάνη), *trutĭna* (τρυτάνη), *fascĭnum* (βάσκανον), *buccĭna* (βυκάνη), *machĭna* (μηχανή).

L'*i* est long : 1° dans les adjectifs formés avec des noms d'animaux : *agnīnus, aprīnus, anatīnus, arietīnus, anguīnus*, etc.

Et lac concretum cum sanguine potat equīno. V.

2° Dans les adjectifs formés avec des noms de villes, de lieux et de personnes : *Aricīnus, Latīnus, Pălātīnus, Alpīnus, Plautīnus*, etc.

Fescennīna per hunc inventa licentia morem. H.

---

1. *Epigr.* V, 24, 8. Vers phalécien.

3° Dans les noms propres de lieux, de peuples et de personnes[1] : *Ticīnus, Apennīnus, Hirpīni, Crispīnus, Albīnus, Balbīnus, Cătĭlīna*, etc.[2] ;

Unde pater Tiberīnus et unde Aniena fluenta. V.

4° Dans les adjectifs suivants : *vicīnus* (*vicus*), *uncīnus* (*uncus*), *libertīnus* (*libertus*), *matutīnus* (*Matuta*), *divīnus* (*divus*), *ostrīnus* (*ostrum*), *marīnus* (*mare*), *repentīnus* (*repens, -ent*), *carnificīnus*, *coquīnus* (*coquo*), *concubīna, -us* (*cubo*), *genuīnus* (*geno*), *inquilīnus* (*incolo*), *necopīnus* (*opinor*), *peregrīnus* (*peregre*), *supīnus, veterīnus* ;

Spes tamen est fractis vicīnæ pacis in undis. O.

5° Dans les substantifs : *ru-īna, ang-īna, fod-īna, offic-īna, carnific-īna, lapicid-īna, rap-īna; veru-īna, medic-īna, pisc-īna, reg-īna, gall-īna, discipl-īna, sal-īnum, far-īna* ; — *pru-īna, anqu-īna, sag-īna, vag-īna, cat-īnus, cort-īna, sent-īna, pop-īna, pulv-īnus, arv-īna, cov-īnus, cul-īna, car-īna, ur-īna* ;

Infandum, regīna, jubes renovare dolorem. V.

6° Dans les noms en *trīna, trīnum* : *doctrīna, latrīna, pistrīnum*, etc.

Doctrīnæ pretium triste magister habet. O.

III. — L'*i* est bref dans les adjectifs en *ilis* dérivés de verbes : *fut-ĭlis, sut-ĭlis, alt-ĭlis, duct-ĭlis, fict-ĭlis, flex-ĭlis, fus-ĭlis, miss-ĭlis, doc-ĭlis, hab-ĭlis, ag-ĭlis, ut-ĭlis*, etc. ; et dans *gracĭlis, simĭlis, sterĭlis ; Bilbĭlis* ;

Omne tulit punctum qui miscuit utĭle dulci. H.

---

1. Excepté dans ceux qui sont mentionnés ci-dessus, p. 50, 3°
2. *Morĭni, Torĭni* ne sont pas d'origine latine.

L'*i* est long : 1° dans les adjectifs en *ilis* dérivés de noms : *her-īlis*, *puer-īlis*, *æd-īlis*, *hort-īlis*, *civ-īlis*, *gent-īlis*, *an-īlis*, *quint-īlis*, *sext-ilis*, etc. ; excepté *herb-ĭlis*, *hum-ĭlis*, *par-ĭlis*;

Ne forte senīles
Mandentur juveni partes, pueroque virīles. H.

2° Dans *aprīlis*, *subtīlis*, *exīlis* ;

Aprīlem memorant ab aperto tempore dictum. O.
Fervida quod subtīle exsurdant vina palatum. H.
Exīlis domus est, ubi non et multa supersunt. H.

3° Dans les substantifs neutres en *īle* : *hast-īle*, *sĕd-īle*, *cŭb-īle*, *Pal-īlia*, *anc-īle*, *mon-īle*, etc.

Silva domus fuerat, cibus, herba, cubīlia frondes. O.

§ 2. VERBES DÉRIVÉS.

ĭco. — L'*i* est bref : *fodĭco*, *vellĭco*, *claudĭco*, *communĭco*, *fabrĭco*, etc.

Turpiter obliquo claudĭcet ille pede. O.

ĭto. — L'*i* est bref : *dictĭto*, *flagĭto*, *agĭto*, *cogĭto*, etc.

Si comportatis bene rebus cogĭtat uti. H.

Il est long dans *dormī-to*, *irrī-to*, *scī-tor* qui ont une autre formation.

Quandoque bonus dormītat Homerus. H.
Irrītatque virum telis et voce lacessit. V.
Tum vero ardemus scītari et quærere causas. V.

ĭgo. — L'*i* est bref : *litĭgo*, *mitĭgo*, *lævĭgo*, *navĭgo*, etc.

Gens inimica mihi Tyrhenum navĭgat æquor. V.

Il est long dans *castīgo*, *fatīgo*, *vestīgo*, *instīgo*.

Castīgatque auditque dolos. V.
Veloces jaculo cervos cursuque fatīgat. V.

Vestīgavit apes fumoque implevit amaro. V.
Fertur equo, variisque instīgat vocibus alas. V.

ūtio. — L'*u* est long : *frigūtio*, *balbūtio*, *effūtio*, *glūtio*, etc.

Effūtire leves indigna tragœdia versus. H.

ŭlo. — L'*u* est bref : *ambŭlo*, *pullŭlo*, *ustŭlo*, etc.

Pullŭlat ab radice aliis densissima silva. V.

urio. — L'*u* est bref dans les verbes dérivés d'un supin : *partŭrio*, *esŭrio*, etc.

Partŭriunt montes, nascetur ridiculus mus. H.

Il est long dans *scatūrio*, *lĭgūrio*[1], *prūrio*.

Dum sanguis extra defluit scatūriens[2]. Prud.
Semesos pisces tepidumque lĭgūrierit jus. H.
Si prūrit frictus ocelli
Angulus, inspecta genesi collyria poscit. Juv.

cĭno. — L'*i* est bref : *allūcĭnor*, *patrocĭnor*, *lancĭno*, *deruncĭno*, etc.

Vaticĭnor moneoque ; locum date sacra ferenti. O.

§ 3. ADVERBES DÉRIVÉS.

atim, tim. — La voyelle qui précède *tim* est toujours longue : *catervā-tim*, *paulā-tim*, *virī-tim*, *trībūtim*[3], etc.

Molli paulātim flavescet campus arista. V.

Remarque. L'*a* est bref dans *stătim* (aussitôt) et long dans *stā-tim* (sur place, sans bouger) :

---

1. On écrit aussi *scaturrio*, *ligurrio*.

2. Vers iambique.

3. *Affătim* ou *adfătim* est composé de *ad* et de l'accusatif de l'inusité *fătis*.

Sex sestertia si stătim dedisses[1]. M.
Ad terram se prosternunt, stătim lacrimantes. Enn.

ĭcus, ĭtus. — *mord-ĭcus, divin-ĭtus, stirp-ĭtus.*

Fundĭtus occidimus, neque habet fortuna regressum. V.

ĭter. — *acr-ĭter, lev-ĭter, felic-ĭter.*

Vel si minus acrĭter urār. O.

ĭnus. — *mĭnus, comĭnus* ou *commĭnus, emĭnus.*

Comĭnus ense ferit, jaculo cadit emĭnus ipse. O.

fariam. — *bifāriam.*

IX

MOTS COMPOSÉS.

Un mot est *simple*, quand il n'est formé qu'avec un seul radical : *ped-is, ama-re.*

Un mot est composé quand il est formé avec deux radicaux, ou deux mots : *flammĭ-vomus, circŭm-eo.* Les éléments d'un composé conservent la quantité qu'ils ont comme simples.

Quand la voyelle d'une racine change en composition, elle conserve la même quantité : *ăgo,-ĭgo; cædo, cīdo; cădo, -cĭdo; hăbeo, -hĭbeo; quătio,-cŭtio,* etc.

Exceptez *nūbo, — pronŭba, innŭba, subnŭba.*

Dic dans les noms composés en *dicus* est bref, comme dans *causĭ-dĭcus, verĭ-dĭcus*, etc.

---

1. Vers hendécasyllabe.

Omnia veridĭco qui quondam ex ore profudit. LUCR.

L'*i* de *ibĭ*, *ubĭ* est toujours long dans *ubīque*, *ibīdem*; toujours bref dans *ubĭnam*, *ubĭvis*, *ubĭcumque*.

Luctus, ubīque pavor. V.
Te, dea, munificam gentes ubĭcumque loquuntur. O.

L'*i* de *utī* est bref dans *utĭnam*, *utĭque*.

Atque utĭnam ex vobis unus vestrique fuissem... V.
Nec superare queunt motus utĭque exitiales. LUCR.

Sī, *quandō* abrègent la voyelle dans *sĭquidem*, *quandŏquidem*.

Hoc quoque tentemus, sĭquidem jejuna remansit. O.
Dicite, quandŏquidem in molli consedimus herba. V.

1° Les particules inséparables sont toujours longues : *trā* (pour *trans*), *sēd*, *sē*, *vē*, *prōd* (ancienne forme de *pro*) *trā-duco*, *sēd-itio*, *sē-paro*, *vēcors*, *prōd-eo*, etc.

Atque satas alio vidi trāducere messes. V.

Dī pour *dis*, devant une liquide ou une douce, est long : *dī-mitto*, *dī-rigo*, etc. ;

Agricola incurvo terram dīmovit aratro. V.

Le préfixe est bref dans *dĭ-sertus*, *dĭr-ĭmo*.

Fecundi calices quem non fecere dĭsertum. H.
Nostro dĭrimamus sanguine bellum. V.

Rĕ ou *rĕd* est bref[1] : *rĕ-creo*, *rĕ-duco*, *rĕ-traho*, *rĕ-viso*, *rĕd-oleo*, etc.

Fervet opus, rĕdolentque thymo fragrantia mella. V.

Dans *rē-fert* (il importe), *re* est l'ablatif de *res*.

---

1. Dans *rejicio* (pour *red-jicio*) la première syllabe est longue par position.

Quid tamen hoc rēfert, si se pro classe Pelasga
Arma tulisse rĕfert contra Troasque Jovemque. O

2° La particule négative *ne* est brève dans *nĕqueo*, *nĕgo*, *nĕfas*, *nĕfastus*, *nĕfarius*, *nĕfandus*, ainsi que *nĕc* dans *nĕcopinus*, *nĕgotium*.

Flectere si nĕqueo superos, Acheronta movebo. V.

Ne initial est long dans *nēdum*, *nēve*, *nēquam*, *nēquaquam*, *nēquiquam*, *nēmo*.

Nēdum sermonum stet honos et gratia vivax. H.

3° Les prépositions conservent leur quantité: *ăboleo*, *āmitto*, *āvolo*, *ădoro*, *ēduco*, *ēgredior*, *dēduco*, *pĕreo*, *ĭnundo*, *ŏbeo*, *sŭbigo*, etc. — *a* (pour *ad*) est bref dans *ăperio*, *o* (pour *ob*) dans *ŏperio*, *ŏmitto*.

Nec poterit ferrum, nec edax ăbolere vetustas. O.
Et qualem infelix āmisit Mantua campum. V.
Conjugis et possit parvos ēducere natos. V.
Aggeribus murorum, et ĭnundant sanguine fossæ. V.
Ante Jovem nulli sŭbigebant arva coloni. V.
Tantum ŏperire soles aut ăperire domum. CAT.
Pleraque differat et præsens in tempus ŏmittat. H.

Pro est ordinairement long : *prōclamo*, *prō-do*, *prōfero*, *prōficio*, *prōfluo*, *prōgredior*, *prōd-eo*, *prōd-igo*, etc.

Prōgredior portu, classes et littora linquens. V.

Pro est bref dans *prŏcella*, *prŏfari*, *prŏfanus*, *prŏfestus*, *prŏficiscor*, *prŏfecto*, *prŏfiteri*, *prŏfugio*, *prŏfugus*, *prŏfundo*, *prŏfundus*, *prŏnepos*, *prŏneptis*, *prŏpero*, *prŏpitius*, *prŏpago* (race) distinct de *prōpago* (provin); *prŏtervus*.

Pro est commun dans *prŏcuro*, *prŏpino*, *Prŏserpina*.

4° L'*e* final du premier radical dans les composés de *facio*, *fio* est bref quand la syllabe précédente est brève : *mădĕ-facio* et *mădĕ-fio*, *stŭpĕ-facio*, *obstŭpĕ-facio*, *lăbĕ-facio*, *illăbĕ-factus*, *rŭbĕ-facio*, *călĕ-facio* *călĕ-fio*, *percălĕ-factus*, *tŭmĕ-facio*, *intrĕmĕ-factus*, *commŏnĕ-facio* ; il faut excepter *văcē-fio* [1].

Et lăbĕfacta movens robustus jugera fossor. V.

Il est long, quand la syllabe précédente est longue par nature ou par position : *assuē-facio*, *expergē-facio*, *contabē-facio*, *confervē-facio*, *rarē-facio*.

Et rārēfecit calido miscente vapore. Lucr.

Il est commun dans quelques verbes :

lĭquĕ-facio	et aussi	*lĭquē-facio*
patĕ-facio	—	*patē-facio*
tĕpĕ-facio	—	*tepē-facio*
fervĕ-facio	—	*fervē-facio*
ārĕ-facio	—	*arē-facio*
perterrĕ-facio	—	*perterrē-facio*
putrĕ-facio	—	*putrē-facio*

On trouve *valē-dico* et quelquefois *valĕdico*.

5° L'*i* final du premier radical est bref en général : *causĭ-dicus*, *agrĭ-cola*, *signĭ-fer*, *verĭ-dicus*, *ludĭ-fico*, *omnĭ-potens*, *homĭ-cīda*, *pedĭ-sequus*, *turĭ-cremus*, *fluctĭ-vagus*, *cornĭ-ger*, *terrĭ-fico*, *omnĭ-modis*, *multĭ-modis* ; — *semĭ-virum*, *sesquĭ-pedalis* ; — *bĭ-* et *trĭ-* sont brefs, même devant le *v* : *bĭvium*, *bĭfrons*, *trĭvium*, *trĭceps*, *trĭdens*, etc.

Romanæque aquilæ signĭfer hostis erat. O.
Panditur interea domus omnĭpotentis Olympi. V.

Cet *i* est toujours long dans les composés de *dies* : *bī-duum*, *trī-duum*, *prī-die*, *postrīdie*, *quotī-die*.

Quotīdianæ vitæ consuetudinem [2]. Ter.

---

1. Employé seulement par Lucrèce (VI, 1004 et 1016).

2. Vers iambique trimètre.

Bīgæ, quadrīgæ sont pour *bĭ-jŭgæ, quadrĭ-jŭgæ ; tibīcen* pour *tibĭĭ-cen, merī-dies*, pour *medĭĭ-dies.*

Dans *verī-similis, lucrī-facio*, l'*i*, qui est long, est la désinence du génitif.

6° L'*u* final du premier radical est bref : *quadrŭ-pes, quadrŭ-pedans*, etc.

Quadrŭpedante putrem sonitu quatit ungula campum. V.

X

MOTS TIRÉS DU GREC.

I. — RÈGLES GÉNÉRALES.

Les mots tirés du grec conservent en latin la quantité qu'ils ont en grec au radical et à la finale.

Æneās, Æneā, Æneān, lampăs, lampădis, diadēmătis, Arăbis, Titān, Titānis, nectăris, bacchăris, perdīcis, Thetĭdis, delphīn, delphīnis ; bombȳcis, Stўgis, Phrўgis, chlamўdis, martўris, Erinnȳs ; Œdipūs (l'ου est toujours long en grec) ; *Thāis, Lycāon, Menelāus, āer, Aŏnes, Arīŏnis, Deucalĭŏnis*, etc.

η est représenté par ē : *musicēn, Alcidēs, Alcidē, Alcidēn, Darēs, Darētis, Daniēl, Daniēlis, sirēn, sirēnis, àēdon, aēr, æthēr, cratēris ; anēthum, canthērius, hēmina, sēpia, Abdēra, Cybēbe, Ēlysius, Ēmathius, Mēdi, Pēlusium, Pēlion, Philomēla*, etc.

Armaque cratērasque simul, pulchrosque tapētas. V.
Hæc ait ; Alcidē, tu viribus utere nando. O.
Te quoque, Amyclidē, posuisset in æthere Phœbus. O.
Jamque adeo scopulos Sirēnum advecta subibat. V.

ω est représenté par ō : *Cyclōpis, Helicōnis, Androgeōn-is, agōn-is, Babylōn-is, Cimōn-is, Ægōn-is,*

Ægæōn-is, Deucaliōn-is, Eetiōn-is, etc., *herōis, Oceanus, Athōs, Athōn, Didō, Androgeō-s, echō, Cliō, Clothō, Calypsō, Mantō, Sapphō, alcyōn ; Eurōtas, Achelōus*, etc.

Infandi Cyclōpes et altis montibus errant. V.
Pandite nunc Helicōna, deæ, cantusque movete. V.
Magnanimi herōes nati melioribus annis. V.
In foribus letum Androgeō. V.
An grave sex annis pulchram fovisse Calypsō. O.
Quis tibi nunc, Didō, cernenti talia sensus? V.

ε est représenté par *ĕ* : *aĕris, æthĕris, Arcadĕs, cacoethĕs, ĕbĕnus, Hĕlĕna, Cybĕle, Pĕlops, Mĕnandros*, etc.

Aret ager, vitio moriens sitit aĕris herba. V.

ο est représenté par *ŏ* : *Delŏs, Delŏn, Cappadŏc-is, Allobrŏg-is, tripŏd-is, Pelŏp-is, dæmŏn-is, Amazon-is, aedŏn-is, Ægæŏn-is, Andræmŏn-is, Actæŏn-is, Ariŏn-is, Æsŏn-is, Agamemnŏn-is, Chalcedŏn-is, Helicaŏn-is, Ixiŏn-is, Lacedæmŏn-is, Geryŏn-is, Gorgŏn-is, Memnŏn-is*, etc., *rhetŏris, Castŏris, Hectŏris*[1], *Nestŏr-is, Agēnŏr-is, Antēnŏr-is, Polymestŏr-is, Rhetēnŏr-is*, etc., *chaŏs, melŏs, Sŏphŏcles.*

Delŏs ubi nunc, Phœbe, tua est? Ubi Delphica Pytho? Tib.
Peliŏn Æmoniæ mons est, obversus in Austros. O.
Cappadŏces mea signa timent. Luc.
Qui tripŏdas, clarii laurus, qui sidera sentis. V.
Ter circum Iliacos raptaverat Hectŏra muros. V.
Quid cum grammaticis rhetŏribusque mihi? M.

ει devant une voyelle, est représenté tantôt par *e*: *Medēa, cycnēus, Achillēus, Lēandrus*, tantôt par *ī* : *Augīas, Darīus, Iphigenīa, elegīa* et *elegēa* ; devant une consonne, presque toujours par *ī* : *Ilīthyīa* (Εἰλείθυια), *Aristīdes* (Ἀριστείδης), *Simoīs* (Σιμόεις), *Sīren* (Σειρήν), *Līternum* (Λείτερνον), etc.

---

1. Les vieux poètes préféraient suivre la déclinaison latine. On trouve *Hectŏris* plusieurs fois dans les fragments d'Ennius.

οι est représenté par œ : *Œdipus*, *œnophorum*, *Bœoti*, etc.

αι est représenté par æ : *Ægyptus*, *Dædalus*, *Mæandros*, *muræna*, *Hæmus*, *Pangæa*, *Lycæus*, *Actæon*, *Antæus*, *Dictæus*, *Œtæus*, *chimæra*, etc.

αυ est représenté par *au* : *Automedon*, *Autonoe*, etc.

ευ est représenté par *eu* devant une consonne (*Theseūs*), par *ēv* devant une voyelle (*Evadne*)[1].

ου est représenté par *u* : *Arctūrus*, *Būsiris*, *Mūsa*, *Arethūsa*, *tripūs*, *Œdipūs*, *Mantūs* (génitif de *Manto*), *Panthū* (vocatif de *Panthus*).

Quo res summa loco, Panthū? Quam prendimus urbem. V.
Fatidicæ Mantūs et Tusci filius amnis. V.

υι par *yī* : *Agyīeus*, *Harpyīæ*, etc.

Hors de la diphtongue *yi*, l'*i* compte toujours pour une syllabe dans les mots tirés du grec :

Illusasque auro vestes Ephyrēïăque æra. V.

En résumé dans les mots grecs on ne peut être embarrassé que par la quantité des voyelles α, ι, υ. La connaissance de l'accentuation grecque est souvent nécessaire pour connaître leur quantité.

Ainsi la voyelle marquée de l'accent circonflexe est toujours longue comme dans *Cāres* (Κᾶρες) ; les adjectifs *dīus* (δῖος), *Chīus* (Χῖος), *Phthīus* (Φθῖος)[3]; *gȳrus* (γῦρος).

Cāras adit ; videt hic stagnum lucentis ad imum. O.

1. Ce qui est une inconséquence des modernes. Les Latins ne distinguaient pas l'*u* du *v*) et ils prononçaient *Euadne* par *e* et *u* en une syllabe ; car cette syllabe est toujours longue ; s'ils avaient prononcé *Ev*, la syllabe serait brève, puisqu'elle serait formée par une voyelle brève suivie d'une consonne.

2. Mais les poètes emploient souvent la forme latine *Œdipŭs*, gén. *i*.

3. L'*i* est également long dans *Phthīa* (la ville), mais bref dans *Chio* (Χἰος).

Sententia dīa Catonis. H.
Et Chīo solvite vincla cado. TIB.
Frena Pelethronii Lapithæ, gȳrosque dedere. V.

La voyelle marquée de l'accent aigu est souvent brève, comme dans *Părŏs* (Πάρος) :

Et Părŏs et Clario Delos amata Deo. O.

II. — REMARQUES.

Première déclinaison.

Les Latins abrègent en général l'α long de la 1re déclinaison : *Electră*, *elegiă* ou *elegēă*. Quelques poètes du temps de l'Empire conservent la quantité du grec : *Nemeā*, *Argiā*, *Electrā*, etc.

Jam Nemeā, jam Tænariis contermina lucis. ST.

Plusieurs noms en *es* comme *cometēs* ont aussi la forme latine en *a* : *cometă*.

Deuxième déclinaison.

Les poètes emploient souvent le nominatif (*Arctŏs*, *Delŏs*, *scorpiŏs*, *Iliŏn*), et l'accusatif (*Delŏn*, *Peliŏn*) de certains noms grecs dont les autres cas suivent la déclinaison latine.

Troisième déclinaison.

RADICAUX

Un certain nombre de noms de peuples en ō, *ŏnis* suivent la déclinaison grecque en ων, ονος : *Bistŏnes*, *Essedŏnes*, *Læstrygŏnes*, *Lingŏnes*, *Macedŏnes*, *Mimallŏnes*, *Pictŏnes*, *Saxŏnes*, *Senŏnes*, *Turŏnes*, *Vascŏnes*[1].

Vascŏnes, ut fama est, alimentis talibus usi. JUV.

---

1. Cependant quelques noms de cette catégorie, suivant la déclinaison latine, ont l'o long : *Macrones*, *Nasamones*, *Vettones*.

La syllabe finale du radical est brève dans les radicaux très nombreux en *ad*, *at*, *id*, *it*, *yd* : *lampăd-is*, *olympiăd-is*, *Arcăd-is*, *Pallăd is*, *hepăt-is*, *diademăt-is*, *poemăt-is*; — *Thetĭd-os*, *pyramĭd is*, *tyrannĭd-is*, *aspĭd-is*, *Daphnĭd-is*, *Charĭt-is*; — *chlamўd-is*, *aclўd-is* et dans nectăr-is.

Dans les radicaux en *y*, la finale brève du radical : *Tethў-os*, *erinnў-os*; *Tiphў-os*, *Capў-os*, *chelў-os*; est allongée au nominatif et à l'accusatif dans *Tethȳs* et *erinnȳs* :

> Teque sibi generum Tethȳs emat omnibus undis. V.
> Ab occasu Tethȳn impellit et ortu. Sil.

Elle est brève aux mêmes cas dans *Tiphўs*, *Capўs*, *chelўs* et dans les neutres indéclinables : *Æpў*, *molў* :

> Et Capўs; hinc nomen Campanæ ducitur urbi. V.

Les noms en *eus*, comme *Agyīeū-s*, *Proteū-s*, *Oīleūs*, *Theseū-s*, *Typhōeū-s*, etc. font, comme en grec, au génitif *ĕŏs*, au dat. *ĕī* ou *eī*, à l'acc. *ĕă*; ou bien, comme si leur nominatif était en *e-us*, ils font au génitif *eī* et *ī*, au datif *eō*[1].

> Unius ob noxam et furias Ajacis Oīlī. V.
> Thesĕŏs, et populi quos dives Achaia cepit. O.
> Vidi et crudeles dantem Salmonĕă pœnas. V.

Quelques noms sont employés avec la désinence *ēŏs* (ηος), et ont l'accusatif *ēa* : *Idomenēa*. *Ilionēa*.

> Ilionēă petit dextra. V.

Achillēs, *Ulyssēs*, etc., font quelquefois au génitif *ĕī*, *eī* ou *ī*, comme si leur nominatif était en *e-us*, et à l'accusatif *ĕă*.

---

1. Il y a souvent synérèse de l'*e* avec la voyelle suivante :

> Inarime Jovis imperiis imposta Typhōeo. V.
> Nec quo centimanum dejecerat igne Typhōea. O.

Les mots comme *chaŏs*, *epŏs*, *melŏs*, *cacoethĕs*, *hippomanĕs* ne sont guère employés en latin qu'au nominatif et à l'accusatif, rarement à l'ablatif.

Et chaŏs, et Phlegethon, loca nocte silentia late.
Aque chaō densos Divum numerabat amores. V.

Ceux d'entre eux qui ont un pluriel le font en *ē* : *melē*. Ajoutez *cetē*, *Tempē* (*Tempea* dans Solin) qui n'ont pas de singulier.

FINALES.

SINGULIER. Au nominatif, la finale reste brève en général quand le radical est bref : *lampăs*, *poemă*, *nectăr*, et même dans *Hectŏr* (malgré le grec Ἕκτωρ), par analogie avec *sorŏr* :

Tous les nominatifs masculins ou féminins terminés par *ōn* sont longs, que le radical soit en *ōn* ou en *ŏn* : *aedōn*, *alcyōn* ;

Le génitif est en *ŏs* comme en grec, ou en *ĭs* par analogie avec le latin.

Le datif est en *ĭ* comme en grec, ou en *ī* par analogie avec le latin.

Palladĭ littoreæ celebrabat Scyros honorem. STAT.
Namque senex Thetidī Proteus : « Dea, dixerat, undæ.... » O.
Esurit, intactam Paridī nisi vendat Agaven. JUV.
Luce autem canæ Tethyĭ restituor. CAT.
Ille dedit Capyī recidiva vocabula Trojæ. O.

L'accusatif dans les masculins et les féminins est en *ĭn*, pour les noms qui ont le nominatif en *ĭs* : *Thetĭn*, *Daphnĭn*, *Procrĭn*, *Parĭn*.

Procrĭn adit, linguaque refert audita susurra. O.

Outre les formes *ēta* et *ētĕm*, plusieurs noms en -*ētis* avaient à l'accusatif la forme en *en* : *Darēn*, *Chremēn*.

Præcipitemque Darēn ardens agit æquore toto. V.

Le vocatif en *i* est bref : *Thetĭ*, *Daphnĭ*, *Parĭ*, etc.

Nec te, Parĭ, munera tangant. O.
Daphnĭ, quid antiquos signorum suspicis ortus. V.

L'ablatif est en *ĕ*, comme dans les noms latins.

Cum Linōĕ meo. O.
Et pronos cursus medio craterĕ recepit. O.

PLURIEL. Le nominatif et le vocatif sont en *ĕs*, l'accusatif en *ăs*.

Les autres cas prennent les désinences latines (*ĭbus*, *um*). On trouve aussi, mais rarement, le datif grec[1] en *sin* (σι avec le ν euphonique).

Lemniasin gladios in mea fata dabo. O.
Edidit hæc mores illis *heroisin* æquos. O.

Pour plus de détails, voir notre Appendice sur la Prosodie grecque (p. 97 et suiv.).

XI

MOTS PRIMITIFS.

QUANTITÉ DES SYLLABES INITIALES

N. B. — Les syllabes initiales des secondes parties des mots composés se trouvent à leur rang parmi les syllabes initiales des mots simples.

Les deux parties des mots composés sont séparées par un tiret : *suf-fragium*.

---

1. Properce I, 20, 12 : *Adrўasin;* ib. 32 : *Hamadrўasin;* ib. 34 : *Thўniasin.*

Quand la seconde partie d'un mot composé se rencontre avec plusieurs préfixes, elle est précédée d'un tiret et suivie d'une parenthèse qui indique quelques-uns des préfixes, par exemple *ĭmo* (*ad-*, *per-*, etc.)

A

ac

ăcus, ăcŭleus, ăcētum, ăcerbus, ăcervus, ăcer (*érable*), ăcĭnum, ăqua, ăquĭla, Ăquĭlo, — ācer.

băcŭlum *et* băcŭlus, — brāchium.

căco, căchinnus, căcŭla, căcūmen.

făcio, făcĭnus, făcesso, făcies, făcētus, frăces.

glăcies, grăcilis, — grācŭlus.

jăcio, jăceo.

lăcesso, lăcertus, lăcerna, lăcĭnia, lăcus, lăcūna, lăcer, lăqueus, lăquear.

măcellum, măcŭla, măcer, — mācĕro, măcĕries.

păciscor, plăceo, — plāco.

răcēmus.

săcer.

tăceo.

văco, văcuus, văcillo.

Păcŏrus, Plăcentia, Lăcīnius, — Cācus, Dācus, Pācŭvius, Păcĭdeianus.

ag

ăgo, ăgāso, ăger, ăd-ăgium, — amb-āges.

flăgellum, frăgor, frăgilis, — fāgus, flāgito, flāgĭtium, frāga, suf-frāgium.

lăgēna.

măgister, măgus, — māgalia, plăga (*pays*), pāgus, pāgĭna, com-pāges, pro-pāgo, re-pāgulum, plāga (*coup*).

săgax, săgēna, săgīna, săgitta, săgulum, săgum, — sāga, præsāgus, strāges.

con-tāgium, trāgula.

văgor, — vāgio, vāgīna.

Tăges, Tăgus, măgum (Ilebro-, Rotho-, etc.) — Lāgus, Māgo.

at

ătăvus, — āter.

bătillum, blătero, — bātuo.

cătena, căterva, cătĭnus, cătulus, cătus, — crātes.

făteor, fătīgo, fătisco, fătuus, af-fătim, — fātum, frāter.

grātus.

lăteo, lăter, lătex, lătus, — lāterna, lātus (a, um).

mătella, — māter, māteries, mātūrus, mātūtīnus.

năto, nătes, — nātura.

păteo, pătior, păter, pătĕra, pătĭna, pătella, plătănus, plătea, — prātum.

quăter, quătio, — quātuor.

rătio, rătis.

stătuo, stătua, sătelles, sătira, sătur, sătis, spătium, scătebræ, — stlātarius.

vātes.

Ătax, Cătĭlīna, Lătium, Bătăvus. Pătăvium, Tătius, Vătīnius, — Ātella, Ātīna, Lātona, Mātuta, Sāturnus, Vātĭcānus

ad

ădeps, ădor, ădūlor.

cădo, cădus, cădurcum, — cādūcĭfer, clādes.

glădius, grădus.
mădeo.
rădius, — rādo, rādix.
spădo, — suādeo, spādix.
vădor, vădum, — vādo.
Pădus, — Grādīvus, Gādes.

as

ăsĭnus, ăsīlus.
băsis, — bāsium.
căsa, căsia, — cāseus.
lăsănum, — lāserpītium.
nāsus.
prăsinus.
quăsillus.
Ăsĭa, Ăsīnius, Căsīnum, Căsĭlīnum, Trăsĭmēnus, — Āsius (*adj.*).

ap

ăpĕrio, ăpex, ăper, ăpis, ăpium, ăpud.
căpio, căper, căpilli, căput, căpŭlus, căpistrum, — cāpo.
lăpis.
măpalia.
păpāver, păpilla, păpŭla, — pāpĭlio.
răpio, — rāpum.
săpio, săpa, scăpulæ, — sāpo, sāperda, prō-sāpia
trăpētum.
văpor, văpidus, — vāpulo.
Ăpīcius, Păpīrius, — Āpennīnus, Pāpĭnius.

ab

ăbies
căballus.
făba, făber.
găbăta, glăber, grăbātus.
hăbeo, hăbilis, hăbito, hăbenæ.
lăbo, lăbor (*subst.*), lăbia, — lābor (*verbe*), lābes.
răbies.
scăbo, scăbies, scăber, săburro, săbulum, săbūcus, străbo.
tăbula, tăberna, trăbea, — tābes *et* tābum
Făbius Găbii, Lăbīcum, Lăbeo, Lăbĕrius, Lăbienus, Răbīrius, Săbīni, Săbĭdius.

af

văfer — Āfer.

av

ăveo, ăvis, ăvus, ăvena, căveo, căvillor, căvus, — clāva, clāvus, clāvis.
făveo, făvus, făvilla, — flāvus.
grăvis, — gāvisus, gnāvus.
lăvo.
nāvo, nāvis.
păveo, păvīmentum, — pāvo, prāvus.
rāvis, rāvus.
suāvis.
Făvonius, Lăverna, — Dāvus, Flāvius, Māvors, — Lāvinium, Lāvīnius, Lāvīnia.

al

ălo, ălăpa, ălĭca, ălūta, ălăcer — āla, ālea, āles.
bālo, bālæna.
căleo, kălendæ, călĭgæ, călix, călumnia, călămus, — cālīgo, cālo.
fălæ.
gălea, gălērus.
hālo, hālec.
mălus (*adj.*), — mālo, mālus (*subst.*), mālum, mālæ.
pălea, pălear, pălātum, pălumbus, pălus (*marais*), pălam, — pālor, pāla, pālus (*pieu*).
phălĕræ.

quālus.
sălio, sălar, sălebra, sălax, săliva, sălix, sălus, sălum, — sālio *ou* sallio, scālæ, squāleo.
tālea, tālio, tālus.
văleo.
Ălărīcus, Ălānus, Ălĕmanni, Călăber, Fălēria, Făliscus, Pălātia, — Ālecto.

ar

ăro, ărānea, ărena, ăries, ărista, ărundo, — āreo, āra, ārea.
bărathrum, — bāro.
căreo, căries, căro, cărīna, — cārex, cārus, clārus.
fărīna.
glărea.
hăra, hăruspex.
măre, mărisca, mărītus.
nāris.
păro, se-păro, părio, păries, părum, — pāreo, ap-pāreo.
rārus.
spărus.
vărius, vărīcosus, — vārus, vārīcus.
Ărīcia, Gărumna, Măro, Mărius, — Bārium, — Ărăbia et Ārăbia.

am

ămo, ămīcio, ămīta, ămurca, ămussim, ămarus, ămœnus — āmentum, āmens.
cămēna, cămĕra, cămur, — clāmo.
dāma.
fămes, fămīlia, fămulus, — fāma.
grămiæ, — grāmen.
hăma, — hāmus.
lămia, — lāma, lāmentum, lāmīna.
rāmus, rāmentum.
squāma, stāmen.
tăma, tămen, — con-tāmino, trāma, trāmes.
Ămĭternum, — Flāmĭnius, Māmercus, Māmertinus.

an

ănas, ănĭmus, ănus, — ānus, in-ānis.
căno, cănalis, cănis, cănistra, — cānus.
fānum, fānaticus.
gāneo, grānum.
jānua.
lănio, — lāna.
măneo, mănus, mănicæ, mănŭbiæ, mănĭfestus, — māno, mānes, māne, im-mānis.
nānus.
pānis, plānus.
rāna.
sănies, — sānus.
vānus.
Ănīcius, Cănŭsium, Cănīnius, — Cānĭdia, Lānŭvium, Mānius, Mānīlius, Jānus.

E

ec

ĕquus, ĕquŭleus, im-bĕcillus *ou* imbēcillus.
dĕceo, dĕcŏro, dĕcem.
frĕquens, — fēcundus.
jĕcur.
il-lĕcebræ.
nĕco, nĕcesse.
pĕcus, pĕcūlium, pĕcūnia, prĕces.
rĕcens, rĕciprŏcus.
sĕco, sĕcūris, sĕquor, sĕcundus, ex-sĕquiæ, sĕquester, spĕcus, spĕcies, spĕcula, sĕcus, — sēcius.
Dĕcius, — Sēquăna

eg

ĕgeo.
lĕgo (is), lĕgio, lĕgūmen, e-lĕgans, — lēgo (as), col-lēga.
nĕgo, nĕgōtium.
rĕgo, rĕgio, — rēgula.
sĕges.
tĕgo, tĕges, at-tĕgiæ, in-tĕger, — tēgula.
vĕgĕtus.
Ēgĕria.

et

bēta, bētŏnĭca.
cētera, crēta.
dētĕrior.
frĕtum, — fētus, frētus.
lētum.
mĕto, mĕtus, — mētor, mētior, mēta.
pĕto, im-pĕtus, im-pĕtigo, pĕtŭlans, pĕtulcus, prĕtium, per-pĕtuus.
rēte.
sēta.
tēter (*ou* tæter).
vĕto, vĕtus, vĕternus.
Cĕthēgus, Gĕta, Mĕtellus.

ed

ĕdo (*manger*), — ē-do, ob-ēdio *ou* obœdio.
cĕdo(*impératif*), — cēdo, crēdo.
hĕdĕra.
mĕdeor, mĕditor, mĕdulla, mĕdiocris, mĕdius.
pĕdum, pĕdica, im-pĕdio, — pēdo, pēdis, rhēda.
sĕdeo, sĕdīle, sĕdum, — sēdo, sēdes, sēdulus.

es

ēsurio.
dēsero.
rēsīna.
vēsica.
Vĕsēvus.

ep

ĕpŭlæ.
clĕpo, crĕpo, crĕpĭda, crĕpīdo, crĕpundia, crĕpusculum, de-crĕpĭtus.
lĕpor, lĕpus.
nĕpa, nĕpos.
rĕpens, — rēpo.
sĕpĕlio, strĕpo, — sēpes.
tĕpeo, trĕpidus.
Ĕpŏna.

eb

ĕbur, ĕbŭlum.
crēber.
dēbeo, dēbilis.
glēba.
hĕbes.
nĕbula, nĕbŭlo.
plēbes.
sēbum.
Trĕbia, — Trēbula, — Gĕbennæ.

ev

brĕvis.
cēveo.
lēvis *ou* lævis.
sĕvērus, per-sĕvēro.
Trēvir.

el

ĕlĕmenta, — ē-lĕgans.
cĕler, cĕlĕber, cĕlox.
dēlubrum.
fēles, fēlix.
gĕlu.
an-hēlus.
mĕlior, — mēles.
pĕlăgus.
scĕlus, — spēlunca.
tēla, tēlum.

vēlum, vēles, vēlox.
Mĕlănius, Vĕlia, — Pēligni, Vēlabrum.

er

cĕrebrum, — ērūca.
cēra, cērussa.
fĕro, fĕrio, fĕrus, fĕrŭla, fĕrē, — fēriæ, fēralis.
gĕro.
hĕrus, hĕri, — hēres.
de-jĕro, pe-jĕro.
mĕreor, mĕrus, mĕrula, mĕrīdies.
com-pĕrio, pĕritus, pĕriculum, re-pĕrio, pĕregrinus, pĕrennis, — pēra, pēro, plērique.
quĕror.
sĕries, sĕro, sĕra, sĕrēnus, stĕrilis, — spēro, sēria, sērus, sērius.
tĕro, tĕredo, tĕres.
vĕrĕor, vĕru, vĕrēdus, — vērus, vēratrum.
Cĕres, Nĕro, Pĕrūsia, Tĕrentius, — Erĭdănus, Fērōnia, Vērōna, Sēres.

em

ĕmo, — ēmĭnus.
crĕmo, crĕmor, — clēmens.
dēmo, dēmens, dēmum.
frĕmo, fĕmur, — fēmina.
gĕmo, gĕmelli, grĕmium.
lĕmŭres.
mĕmĭni, mĕmor.
nĕmus, — nēmo.
prĕmo.
rĕmulcum, — rēmus.
sĕmel, — sēmĭta, sēmentis, sēmi-.
trĕmo, tĕmĕrĕ, — tēmo, tēmētum, tēmulentus, abs-tēmius.
Rĕmus, Lĕmannus, Nĕmausus, — Sēmōnes, Rhēmi.

en

ĕnim.
bĕne.
cēna (*ou* cæna), obs-cēnus.
fĕnestra, — frēnum.
gĕnus, in-gĕnium, gĕner, gĕnæ, gĕnista, gĕnu.
lēna, lēnis.
pĕnetro, pĕnĭtus, pĕnātes, pĕnus, pĕnes, — pēniculus, pēnĭcillus, pēnula, pēnūria, plēnus.
sĕnex, — strēna, strēnuus.
tĕneo, tĕner, tĕnuis, tĕnus.
vĕnĕror, vĕnio, ad-vĕna, vĕnia, vĕnēnum, — vēnor, vēneo, vēna.
Mĕnēnius, Sĕnĕca, Vĕnus, Vĕnafrum, Vĕnīlia, Cĕnŏmanus, Sĕnŏnes, Vĕnĕti, — Rhēnus.

I

ic

cĭcāda, cĭcatrix, cĭcer, cĭchŏrēum, cĭcōnia, cĭcur, cĭcūta.
dĭco (as), dĭcax, — dīco (is).
frĭco, præ-fĭca, pro-fĭciscor, — fīcus, fīcēdula.
lĭcet, de-lĭciæ, pel-lĭcio, pollĭceor, sol-lĭcitus, lĭqueo, lĭquor, rĕ-lĭquiæ, — līcia, līquor (eris).
mĭco, — mīca.
plĭco, — pīcus, pīca.
rĭcĭnus, — rīca.
sīca, spīca, spīculum.
trĭchĭla, — trīcæ, ex-trīco.
vĭces, vĭcia, per-vĭcax, — vīcus, vīcinus.
Pīcens, Tīcīnus,
Mĭcipsa, Sĭcamber, Sĭculi, Sĭcilia, Sĭcāni, — Sīcelis, — Sĭcănus, a, um, Sicanius.

ig

ĭgĭtur.
dĭgĭtus.

fĭgŭlus, fĭgura, effĭgies, — flīgo, frīgo, frīgus, fīgo.
ex-ĭguus.
lĭgo, lĭgŭla, re-lĭgio, lĭgūrio, intel-lĭgo, lĭgustrum.
nĭger.
pĭget, pĭger.
rĭgeo, rĭgo, por-rĭgo (*verbe*), cor-rĭgia.
strĭgĭlis, sĭgillum, — præ-stīgĭæ.
tĭgillum, con-tĭguus.
vĭgil.
Lĭgus, Lĭger, Tĭgellius.

it

ĭtĕrum, cŏm-ĭtium.
blĭtum, bĭtumen, —per-bīto.
in-clўtus, — clītellæ.
dĭtio, condĭtio (*ou* condĭcio), —dīto.
in-fĭtior, frĭtillus.
lĭto, lĭtuus, — lītĕra (*ou* littera), lītus (*ou* littus).
mītulus, mītis.
nĭteo, — nītor, nītella.
com-pĭtum , — pītŭīta
rĭtus.
sĭtus, sĭtis, sĭtula.
tĭtubo, tĭtulus, — tītillo, trītĭcum.
vĭtŭpĕro, vĭtium, vĭtulus, vĭtellus, — vīto, invīto, invītus, vīta, vītis, convīcium.
Ĭtălus, Tĭtus, Tĭtius, Bĭtŭrix, Brĭtannus, — Clītumnus, Brīto,

id

ĭdōneus, — īdus.
fĭdĭcen, fĭdes, fĭdelis, per-fĭdus, — fīdo, fīdus, in-fīdus, fīdūcia.
nīdor, nīdus, re-nīdens.
prīdem.
rĭdeo.
pos-sĭdeo, — sīdo, con-sīdero, de-sīdero, sīdus, strīdo.

vĭdeo, vĭduus, — vīdulus.
Sĭdĭcīnum, — Dīdo, Dĭdius.

is

cĭsium.
mĭser.
pĭsum.
sĭser.
vīso.
Mīsēnus, Nīsus, Pīso.

ip

clўpeus.
pĭper, — pīpĭlo.
rīpa.
stĭpula, — sīpărium, stīpo, stīpes, obs-tīpus — stĭpendium.
dis-sĭpo.
vīpĕra.
Scĭpio.

ib

bĭbo.
cĭbus.
fĭber, — fībula.
hĭbiscum, — hībernus.
lĭbet, lĭber (bri) — lībo, lībum, līber (a, um).
sĭbilo, scrībo.
trĭbuo, trĭbus, trĭbunus, trĭbutum, — tībia, trībulum (*herse*).
vībex, vīburnum.
Ībĕrus, Lĭbĭtīna, Lĭbo, Lĭburni, Tĭbĕrinus, Tĭbĕrius, Tĭbullus, — Tībur, Vĭbĭdius, Vĭbia.

if

Tĭfata.

il

īlex, īlia, īlĭcet.
bīlis.
cĭlium, con-cĭlium, — in-quĭlīnus, in-cīlo.

fĭlix, — fīlius, fīlum.
hĭlăris,— hīlum.
līlium.
mĭlium,— mīles.
pĭla (*balle*), pĭlus, — com-pīlo, pīla(*pilier*), pīlum, pīlentum, pīleolus *et* pīleolum.
sĭleo, sĭler, sĭlex, sĭligo, stĭlus.
tĭlia.
vīlis.
Ĭlerda, — Īlia, Sīlius.

ir

īra.
dīrus.
hĭrudo, hĭrundo, — hīra.
de-līro.
mīror.
pĭrus.
Quĭrītes.
spīro, spīra, stīria.
tīro.
vĭridis, — vīrus, vīres.
Vĭriathus, — Līrĭs.

im

ĭmitor, ĭmago, ĭmo (ad-, per-, etc.) — īmus.
cīmex, crīmen.
dīmĭdius.
fĭmus.
līma, līmen, līmes, līmax, līmus, sub-līmis.
nĭmis.
rīmor, rīma.
sĭmulo, sĭmilis, stĭmulus, sĭmul, — sīmius, sīmus.
tĭmeo.
vīmen.
Tĭmāvus.

in

cĭnis, — in-clīno, crīnis.
fĭnis, fĭnĭtĭmus.

lĭno, — līnus, līnea.
pīnus.
mĭnuo, mĭnister, mĭnor, im-mĭneo, re-mĭniscor, mĭnium.
sĭno, sĭnister, sĭnus, — sīnum, scrīnium, spīna, spīnus.
tĭnea.
vīnum.
Mĭnerva, Mĭnŭcius, — Plīnius.

O

oc

ŏcŭlus — ōcior.
cŏquo, — crōcio.
dŏceo.
fŏcus, flŏces,— fōcale, suf-fōco.
jŏcus.
lŏquor, lŏcus, lŏculus, lŏcuples, lŏcusta.
nŏceo.
prŏcus, prŏcax, prŏcul, prŏcella, prŏceres, — prōcērus.
sŏcer, sŏcius, — sōcors.
vŏco.
Prŏculus, — Lōcusta (?).

og

cōgito.
rŏgo, rŏgus.
tŏga
Ŏgulnia, Mōguntia.

ot

ōtium.
bŏtellus, bŏtulus.
cŏturnix.
dōto.
lōtium.
nŏta.
pŏtior, prŏtervus, — pōto.
rŏta, rŏtundus.

tōtus.
Pŏtītius, — Plōtius, Scōti.

od

ŏdium, ŏdor.
cōdex.
fŏdio.
lōdix.
mŏdus, com-mŏdus, mŏdulor, mŏdius.
nōdus.
pŏdium, — ex-plōdo, pōdex.
rōdo.
sŏdalis.
Rhŏdănus.

os

rŏsa.
prōsa.
Mŏsella, — Mōses, — Prŏserpĭna.

op

ŏpĕrio, ŏpīnor, ŏportet, ŏpes, ŏpīmus, ŏpus, ŏpācus, — ōpilio.
cōpia, cōpula, cōpa.
pŏpulus (*peuple*), pŏpa, pŏpīna, pŏpănum, prŏpero, prŏpe, prŏpŭdium, — pōpulus(*peuplier*).
scŏpulus, sŏpor, — scōpæ, sōpio.
tŏpazus.
Ŏpīmius, Pŏpīlius, Prŏpertius, Vŏpiscus.

ob

glŏbus, — gōbio.
prŏbus.
rōbur.
sŏbŏles, scŏbis.

of

ŏfella.
tōfus.

ov

ŏvo, ŏvis, — ōvum.
cŏvīnus.
fŏveo, fŏvea.
mŏveo.
nŏvus, nŏvem, nŏvācula, nŏverca.
prōvincia.
vŏveo.
Ŏvīdius.

ol

ŏleo, in-ŏlesco, ad-ŏlesco, indŏles, ŏlea, ŏlor, ŏlus, ŏliva, — ōlim.
bōlētus.
cŏlus, cŏlor, cŏlumba, cŏlŭber, cŏlo, cŏlŭmen, in-cŏlŭmis, — cōlum.
dŏleo, dŏlo, dŏlus, — dōlium.
fŏlium.
lŏlium, — lōligo.
mŏlo, mŏla, im-mŏlo, mŏlestus, — mōles.
nōlo.
pŏlio, pŏlus, pŏlenta, — prōles.
sŏ.eo, sŏlea, sŏlum, sŏlidus, sŏlium, spŏlium, stŏlidus, stŏla, — sōlor, sōlers, sōlus, sōlemnis, de-sōlo, præ-stōlor.
tŏlĕro.
vŏla, vŏlo, vŏlūto, vŏlūmen, vŏlŭcer, vŏluptas, viŏla, viŏlo.
Scævŏla, Dŏlābella, Tŏlōsa, Vŏlŭsius, — Nōla.

or

ŏrior, ŏrĭchalcum, — ōro, ōra.
cŏrium, cŏrona, cŏruscus, cŏrallium, — cōram.
per-fŏro, fŏri, fŏrum, fŏres, fŏras.
glōria.
hōra, hŏria.

lōrum, lōrīca.
mŏrior, mŏror, — mōrum.
plōro, prōra.
rōro.
sŏror, — sōrex.
tŏrus, tŏral.
vŏro.
Hŏrātius.

om

ŏmāsum, — ōmen.
cŏmes, cŏma, cŏmĕdo, cŏmĭtium, — cōmo, cōmissor, cōmis, cōmĭnus (*ou* commĭnus).
dŏmo, dŏmus.
fōmes.
glŏmĕro, glŏmus.
hŏmo.
pōmum.
prōmo
tōmentum.
vŏmo, — vōmer.
Cŏmĭnius, Dŏmĭtius, Tŏmi, — Rōma, Nōmentum.

on

ŏnus.
bŏnus.
cōnor.
dōno, dōnec.
hŏnor.
mŏneo, mŏneta, mŏnēdŭla, mŏnile.
pōno, prōnus, pōnĕ.
sŏno.
tŏno.
Bŏnōnia, Nōnius.

U

uc

cŭcŭmis, cŭcūlus, cŭcullus, cŭcurbĭta.
e-dŭco, — dūco, in-dūciæ.
fūcus.
lŭcerna, — lūceo, lūcus, lūcius, Lŭceres, mūcĭdus.
sŭcŭla, — sūcus (*ou* succus).
trŭcīdo.
Lūcīna, Lūcīlius, Lūcullus, Mūcius.

ug

fŭgio, — frūges.
jŭgum, jŭgulus, — jūgera, jūgis.
lūgeo.
mūgio, mūgil.
nūgæ.
pŭgil, — pūgio.
rūga.
sūgo.
tŭgŭrium,
Jŭgurtha.

ut

ŭter, ŭtĕrus, — ūtor.
brūtus, būteo.
cŭtis, ex-cŭtio.
frŭtex, de-frŭtum, — fūto (re-, con-), fūtilis.
glūtio, glūten.
lŭtum (*boue*), — lūtum (*gaude*).
mŭtĭlus, — mūto, mūtus, mūtuus.
nūto.
pŭto, pŭteus, pŭteal, plŭteus, — pūteo, præ-pūtium.
rŭtĭlus, — rūta.
scŭtica, scŭtula, — scūtum, spūtum, scrūtor, scrūta.
trŭtĭna.
tūtus, tūtor.
Lŭtātius, Rŭtīlius, Rŭtŭli, Ŭtĭca, — Mūtius, Plūto, Brūtus, Brūtĭdius, Jūturna, Lūtĕtia.

ud

ūdus.
cūdo, crūdus.

dŭdum.
jūdex.
lūdus.
nūdus.
pŭdet, — prūdens.
rŭdens, rŭdis, — rūdus, — rŭdo.
stŭdeo, sŭdes, — sūdo, sūdus.
trŭdis, — trūdo.
Jūdæus.

us

cūso (ac-, in-, re-, etc.).
fūsus.
mūsa.
pŭsillus, — pūsio.
sŭsurrus.
Clūsium, Drūsus.

up

ŭpūpa, — ūpĭlio.
cŭpio, cupĭdus, cŭpīdo, nuncŭpo, — cūpa, cŭpēdia.
lŭpus, lŭpānar, lŭpercus.
nūper.
pūpa, pūpillus, pūpilla, pūpula.
rŭpex, — rūpes.
stŭpeo, sŭpellex, sŭpīnus, sŭperbus, — scrūpus, scrŭpulus.
Cŭpencus, — Jūpiter, Pūpius.

ub, uf

ūber.
bŭbulcus, — būbulus, būbo, būfo.
cŭbo.
dŭbius.
gŭberno.
jŭbeo, jŭba, jŭbar, jŭbĭlæus, — jūbila.
nūbo, nūbes, — pro-nŭba, — con-nŭbium *et* con-nūbium.
pūbes.
rŭbus, rŭber, — rūbigo, rūfus.

sŭbitus, sŭbulcus, — sūbŭla, sūber.
tŭba, tŭbus, con-tŭbernium, — tūber.
Cordŭba, — Ūfens, Fūfĭdĭus.

uv

ex-ŭviæ, — ūva, ūvĭdus.
flŭvius.
in-glŭvies.
jŭvo, jŭvĕnis, jŭvencus.

ul

ŭlŭlo, — ūlīgo.
oc-cŭlo, cŭlex, cŭlīna, cŭlullus, — cūlus, cūleus.
gŭla.
fŭlīca, in-fŭla. — fūligo.
mŭlier, — mūla.
pūlex.
Iūlus, Iūlius.

ur

ūro, ūrus, ūrīna.
būris.
cŭrūlis, — cūra, cūria, cūrălium.
dūrus.
fŭro, — fūror.
jūro.
lūrĭdus.
mŭria, — mūrus, mūrex, mūræna.
nŭrus.
purpŭra, — pūrus.
spŭrius, — sūra.
ob-tūro.
Cŭres, Cŭrius, — Cūrio, Fūrius.

um

brūma.
crŭmēna, cŭmĕra, cŭmulus.
dūmi.

fūmus, frūmentum.
gŭmia, — grūmi.
hŭmus, hŭmilis, — hūmidus, hūmanus.
jūmentum.
nŭmerus.
pūmex, pūmĭlio, plūma.
rŭmex, — rūmino, rūmor.
sūmo, sūmen, spūma, strūma.
tŭmeo, tŭmŭlus, tŭmultus, con-tŭmax, con-tŭmēlia.
Nŭma, Nŭmĭtor, Nŭmĭcius, Nŭmĭdæ, — Cūmæ.

un

ūnio.
cŭneus, cŭnĭculus, — cūnæ, clūnis.
fūnis, fūnus.
jūnix, jūnior.
lūna.
mūnio, mūnus, im-mūnis.
pūnio, prūna, prūnum, pūnĭceus.
tŭnĭca.
Jūno, Jūnius, Pūnicus,-dūnum (Lŭg-, Augusto-, etc.).

QUANTITÉ DE QUELQUES SYLLABES MÉDIALES

N. B. — On n'a pas rappelé les mots mentionnés dans l'énumération des syllabes initiales, excepté les noms propres où l'on rencontre une certaine analogie dans les syllabes médiales.

Noms communs et verbes.

sandăpĭla.
barbărus, margărīta.
castănea, coctāna.

essĕdum.
ardĕlio, — mustēla.
vindēmia.
ahēnus.

aurīga, vectīgal, vestīgium, fastīgium.
pœnĭtet, pulpĭtum, compĭtum, orbĭta.
fastīdio.
accĭpĭter.
vestĭbŭlum.
mespĭlus, quisquĭliæ, — vespertīlio.
æstĭmo, victĭma.
inquĭno, desĭno, luscĭnia, ignōmĭnia, nundĭnæ, — vaccĭnium, pulvīnus, omnīno.

ægrōtus.
viŏla, viŏlo.
ancŏra, — ignōro.
obsōnium, persōna.

mandūco.
marsūpium.
intŭba.
curcŭlio, ejŭlo, postŭlo.
luxŭria, centŭrio, vultŭrius, — obscūrus.

Noms propres.

Spartăcus, — Carthāgo.
Messāla.
Cantăber.
Patăvium, Batăvus.
Afrānius, Gargānus, Vulcānus.

Aurēlius, Cornēlia.
Egĕria, Labĕrius, Tibĕrius, — Falēria.

Porsĕna et Porsēna, Menēnius, Nasidiēnus, Trasimēnus.

Burdĭgăla.

Alarīcus, Labīcum.

Cædīcius, Cornifĭcius, Publĭcius, — Apīcius, Arīcia, Numīcius, Anīcius.

Arquĭtius, Domĭtius.

Brindĭsium.

Brutĭdius, Ummĭdius, Aufĭdus, Aufĭdius, Ovĭdius, Sabĭdius, Numĭtor, Numĭdæ, Druĭdæ, Fufĭdius, Vibĭdius, Nasĭdius, Canĭdia.

Cæcĭlius, Virgĭlius, Gargĭlius, Tongĭlius, Hersĭlia, Pompĭlius, Rupĭlius, Turpĭlius, Orbĭlius, Æmĭlius, Tutĭlius, Quintĭlius, Quintĭlianus, — Duīlius, Acīlius, Lucīlius, Atīlius, Petīlia, Pantīlius, Rutīlius, Popīlius, Servīlius, Manīlia, Venīlia.

Papīrius, Rabīrius.

Septĭmius, — Opīmius.

Tarquĭnius, Asĭnius, Stertĭnius, Sardĭnia, Flamĭnius, Comĭnius. — Lacīnius, Virgīnius, Vatīnius, Papīnius, Corfīnium, Lavīnius, Canīnius, — Scantīnia.

Sidicīnum, Libitīna, Catilīna, Cantīnum.

Epŏna, Ausŏnius, Mandŏnius, — Cremōna, Bellōna, Bonōnia, Antōnius, Favōnius, Pompōnius, etc.

Albūcius.

Brundŭsium, Canŭsium, — Perūsia, Maurūsius.

Lanŭvium, — Pacūvius.

Hercŭles, — Gætūlus.

Mercŭrius, — Etrūria.

Postŭmius.

DEUXIÈME PARTIE.

SYLLABES LONGUES PAR POSITION

SYLLABES COMMUNES.

I

SYLLABES LONGUES PAR POSITION

Une syllabe est longue *par position*[1] quand elle est formée par une voyelle brève suivie de plus d'une consonne.

Le ξ, le ψ et le ζ; en latin le *j* dans un mot simple, l'*x* et le *z* représentent deux consonnes.
Les consonnes qui suivent la voyelle brève étaient considérées comme ayant la durée d'un temps, laquelle s'ajoutant à celle de la voyelle brève, formait une syllabe de deux temps, ou une syllabe longue (comme, par exemple : τάξις, ἔστι, πολλοῖς).

Dans une syllabe longue par position, la voyelle est et reste nécessairement brève. Les consonnes qui la suivent n'ont aucune influence sur sa quantité.

Si la voyelle devenait longue, la syllabe serait longue par nature, et τάξις, τάγμα, etc., ne seraient pas paroxytons ; ils deviendraient propérispomènes, comme πρᾶξις, πρᾶγμα, où l'α était long.

Quand une syllabe est longue par position :

1° Les deux consonnes terminent le mot[2] : ARS.

Dans Homère, certains mots que l'on conjecture avoir commencé par un digamma F (qui se prononçait comme le *w* anglais, l'*ou*

1. Voir la note à la fin du volume, p. 131.

2. En grec : ἄλς.

de notre mot *oui*) faisaient position : ἐκατηβελέταο (F)ἄνακτος (Hom., *Iliad.*, I, 75).

2° Une consonne termine le mot, et l'autre ou les autres commencent le mot suivant[1] : *Itali*AM F*ato*.

Silvestre*m* *t*enui musa*m* *m*editaris avena. V.

Les anciens poètes latins apocopaient l'*s* des finales en *is* et en *us*, usage qui tombait en désuétude du temps de Cicéron[2].

Tum laterali' dolor, certissimu' nuntiu' mortis. LUCIL.

3° Les deux consonnes qui suivent la voyelle brève et dont la seconde est une muette σ, *s*, ou la sifflante contenue dans ξ, ζ, ψ, *x*

a) ou bien commencent le mot suivant ; alors la syllabe est brève, et on ne tient pas compte des deux consonnes. On évite pourtant de placer un dactyle devant *sc*,[3] *sq*, *st*, *sp*, comme dans *Ponitĕ; spes sibi quisque* (Virg. Æn. XI, 308), *præmiă scribæ* (Horace)[4].

En grec, la syllabe compte pour longue : ἐπὶ πτόλιν, ἐπὶ ξεστοῖσι. On rencontre des exceptions pour certains noms propres : οἵ τε Ζάκυνθον ἔχον (Hom., *Iliad.*, II, 634).

Les poètes latins placent après la brève des mots grecs comme *Scamander*, *smaragdus*, *Cnidos*, *Zacynthus*.

Testis erit magnis virtutibus undă Scamandri. CAT.
In solio Phœbus claris lucentĕ smaragdis. O.
Piscosamquĕ Cnidon, gravidamque Amathunta metalli. O.
Jam medio apparet fluctu nemorosă Zacynthos. V.

---

1. En grec : ἐκ μέν.

2. Cicéron, *Orator*, 48, 161 : « Quod jam subrusticum videtur, olim politius. »

3. Le *c* se prononçait *k* en latin, même devant l'*e* et l'*i* ; *scelus* se prononçait *skelus ; scire*, *skire*.

4. Sat. I, 5, 35. Ajoutez Sat. I, 2, 30, 36 et 71 ; 3, 44 ; 10, 72 ; II, 3, 43 et 96.

Il est rare qu'on tienne compte des deux consonnes et que la syllabe devienne longue par position : *nullA* SP*es* (Catulle 64, 186) ; *NoemonaquE* PR*ytanimque*[1] (IX, 767) ; *Pro segetE* SP*icas* (Tibulle, I, 5, 28) ; *servarE* FR*ustra* (Tib. I, 6, 34[2]).

b) ou bien elles sont médiales ; alors la syllabe compte comme longue.

En grec, la syllabe compte toujours pour longue : φεύγοντες, χερσίν.

La consonne pouvait être doublée en certains mots[3] après le préfixe *rĕ* (primitivement *red*), et alors la syllabe était tantôt brève, tantôt longue : *rĕligio* et RELL*igio*, *rĕliquiæ* et RELL*iquiæ*. On ne disait que RECC*idi*, RETT*udi*, RETT*uli*, REPP*eri*, REPP*uli*.

REMARQUE. Dans Plaute, suivant C.-F.-W. Müller (*Plautinische Prosodie*, 1869, p. 85), deux syllabes, dont la première est une brève et la seconde une longue par position, peuvent compter pour deux brèves et tenir la place d'une longue ; tantôt elles forment un mot, comme *senex* ; tantôt elles forment le commencement d'un mot comme *enĭmvero*, *potĕstas* ; tantôt la première syllabe est un mot monosyllabique par lui-même ou par élision : *ut ĭndiligenter*, *ego ăbs te*, *domi ădsitis*, *meum ĭngenium*[4].

---

1. On trouve un certain nombre d'exemples de l'allongement de *que* dans Virgile et Ovide (voyez Quicherat, *Traité de versif. latine*, 3e éd., p. 82), mais on n'en trouve aucun dans Horace.

2. Ajoutez Catulle, 44, 18 ; 17, 24 ; 22, 12 ; 63, 53 ; 67, 32. — Martial II 66 ; V, 69. — Juv. 8, 107. — Properce III, 11, 46. — Lucain V, 118. — Germanicus, v. 434. — Stace, *Théb.* VI, 551. — Sen. *Hipp.* 1026 ; *Herc. F.* 949. — Même quand la seconde est une liquide : Cat., 4, 9 ; 4, 18 ; 29, 4 ; 63, 50. — Ovid. *Trist.* V, 14, 41. *Pont.* I, 7, 66. — Sen. *Thyest.* 307. — Stace, etc. ; et très souvent dans Sidoine Apollinaire. — Voy. Quicherat, *Versif. lat.*, p. 381-382.

3. C'est ce qu'on appelait *épenthèse* ou *diplasiasme* (ἐπένθεσις, διπλασιασμός).

4. Cf. L. Havet, *De saturnio latinorum versu*, 1880, p. 31 sq.

II

SYLLABES COMMUNES

Les grammairiens disaient qu'une syllabe est commune[1], compte tantôt pour brève, tantôt pour longue.

1° Quand elle est formée par une voyelle brève suivie de certains groupes de deux consonnes : *p*ATR*em*;

Natum ante ora patris, pa*t*rem qui obtruncat ad aras. V.

2° Quand une longue est employée comme brève:

Te Corydon, ŏ Alexi, trahit sua quemque voluptas. V.

3° Quand une brève est employée comme longue[2]·

Ostentans artemque pater arcumque sonantem. V.

La syllabe compte à volonté tantôt pour brève, tantôt pour longue, est *commune*, quand la voyelle brève est suivie de deux consonnes dont la seconde est une liquide (λ, μ, ν, ρ; en latin seulement *l*, *r*), et qui sont dans le même mot, *p*ATR*em*, *fun*EBR*em*, *lud*I-BR*ium*, *pr*OBR*um*, *vol*UCR*em*.

Dans les mots composés, comme *ob-repo*, la première consonne n'appartient pas à la syllabe suivante, et la syllabe ne peut être employée comme brève.

En grec, la syllabe ne compte guère pour brève dans Homère que dans le cas où la voyelle est devant βρ, δρ, θρ, κρ, πρ, τρ, φρ, χρ, κλ, πλ, τλ, χλ, rarement devant les autres consonnes. Les Tragiques comptent encore souvent la syllabe pour brève devant

1. κοινή, *communis*.

2. En grec, γένετο ἰαχή.

κμ : ἀκμή, θμ : ἀριθμός, τμ : πότμος, κν : τέκνον, χν : τέχνη, plus rarement devant βλ, γλ, γμ, γν, δμ, δν, μν. Homère et Hésiode emploient en général la syllabe comme longue, soit que les deux consonnes commencent le mot suivant, soit qu'elles commencent la syllabe suivante; ils l'emploient comme brève un peu plus souvent quand les deux consonnes commencent le mot suivant, très rarement quand elles commencent la syllabe suivante, comme dans τειχεσιΠΛῆτα, ἀλλόΘΡοος, προΤΡαπέσθαι.

Les poètes attiques emploient en général la syllabe comme brève, particulièrement ceux de l'ancienne comédie, et toujours quand les consonnes commencent le mot suivant.

La syllabe était toujours brève[1] quand les deux consonnes commençaient le mot suivant :

Ne pueros coram populo Medeă trucidet. H.

Quand elles sont dans le même mot, les anciens poètes dramatiques latins employaient toujours la syllabe comme brève. Dans *ăgros*, *pătrem*, *dŭplex*, etc. la première syllabe est toujours brève chez Plaute et Térence. Depuis Lucilius la syllabe fut souvent employée comme longue.

L'emploi plus ou moins fréquent de la syllabe brève ou longue paraît dépendre de circonstances purement fortuites. Cependant on peut remarquer qu'on ne rencontre jamais la syllabe employée comme longue dans *alăcris*, *penĕtrale*, *genĭtrix* ou *genĕtrix*. Il n'y a qu'un exemple de *PATRius*, et on ne trouve *propRius* que chez l'auteur de l'Etna et Germanicus[2].

Au contraire, on ne la rencontre pas employée comme brève aux cas obliques de *pĭger*; elle est très rare aux cas obliques de *nĭger*[3], il n'y a qu'un exemple de *rŭ-brum*; parmi les mots composés avec *quadr-*, on

---

1. Excepté dans les exemples cités plus haut, p. 79.

2. Voir, p. 123 et suivantes, une liste de syllabes communes employées par les poètes latins.

3. Horace seul a traité trois fois (Od. I, 32, 11; III, 6, 4; IV, 12, 11) la première syllabe de *nigr-* comme brève; mais il fournit lui-même vingt-cinq exemples de *NIGR-*. Partout ailleurs la première syllabe de *nigr-* est traitée par les poètes comme longue (entre autres dix-huit fois par Lucrèce, vingt-huit par Virgile, plus de cinquante par Ovide).

la rencontre seulement dans *quădratus* et *quădrigæ*. En général la brève est moins fréquente devant *gr*, *dr*, *br*, que devant *cr*, *tr*, *pr*.

On ne trouve jamais la syllabe brève dans *frāgro*, *lātrina*, *quādra*, *lābrusca*, *crābro*, *mūcro*, *rūbrica*, *cicātrix*, *clāthri*, *Africa*, *crēbri*, *lībra*, *lībro*, *crībrum*, *sōbrius*, *delūbrum*. La plupart de ces syllabes ont la voyelle longue par nature.

III

FINALES BRÈVES EMPLOYÉES COMME LONGUES

Dans certaines conditions, des finales brèves sont employées comme longues à la première moitié d'un pied :

1° Voyelle finale.

Dans Homère la voyelle finale brève forme souvent une syllabe longue à la première moitié d'un pied, devant un mot commençant par une liquide, comme ῥήγνυμι, ῥύομαι, ῥινός, ῥόος, ῥέζω, ῥητός, ῥιπή, ῥίον, ῥωπήϊα, ῥόπαλον, ῥυπόω, ῥόδον, ῥίζα, λιπαρός, λαπάρη, λιαρός, λιγυρός, λιγύς, λόφος, λίσσομαι, λίς, μαλακός, μέγαρον, μέλος, μελίη, μέγας, μάλα, μοῖρα, νέφος, νεφέλη, νιφάς, νευρή, νύμφη, νύσσα, et aussi devant δηρόν, δήν, δέος, δεινός, δείδω, Δεῖμος. — Cet allongement n'a presque jamais lieu à la fin du pied; on ne rencontre qu'exceptionnellement : πολλὰ | λισσομένη (Hom., *Iliad.*, v, 358), πολλὰ | ῥυστάζεσκεν (*Iliad.*, xxiv, 755).

On rencontre dans Virgile[1], mais tout à fait exceptionnellement à la première moitié d'un pied :

Dona dehinc auro gravi*a* sectoque elephanto.

---

1. *Æn.* III, 464. Avant lui, Ennius avait dit :
Et densis aquila pinnis obnixa volabat.

2° Voyelle finale brève suivie d'une consonne, devant un mot commençant par un voyelle.

La syllabe est souvent traitée comme longue dans Homère, quand elle commence un pied, surtout les finales ος et ον : οὔτε ποτ' εἰς πόλεμον ἅμα λαῷ θωρηχθῆναι (Iliad., I, 226), βέλος ἐχεπευκὲς ἐφιείς (Iliad. I, 51).

On trouve à la première moitié d'un pied, dans Virgile[1] :

Muneribus tibi, pampineo gravidūs autumno.
Pectoribūs inhians spirantia consulit exta.
Terga fatigamūs hasta ; nec tarda senectus.
Tum sic Mercurium alloquitūr ac talia mandat.
Seu mollis violæ, seu languentīs hyacinthi.
Oratīs ; equidem et vivis concedere vellem.

Dans Horace[2] :

Confidens tumidūs adeo sermonis amari.
Si raro scribīs ut toto non quater anno.
Qui non defendīt alio culpante, solutos.
Galloni præconis erāt acipensere mensa.

Dans Ovide (*Mét.*, II, 247) :

Mygdoniusque Melas et Tænariūs Eurotas.

IV

FINALES LONGUES EMPLOYÉES COMME BRÈVES — ÉLISION. — HIATUS.

En général, un mot terminé par une voyelle ne peut être suivi d'un mot commençant par une voyelle,

---

1. *Georg.* II, 5 ; *Æn.* IV, 64 ; IX, 610 ; IV, 222 ; XI, 69 ; XI, 111.

2. *Sat.* I, 7, 7 ; II, 3, 1 ; I, 4, 82 ; II, 2, 47. Dans plusieurs passages on peut croire qu'Horace a adopté la quantité archaïque. Ajoutez : *soleāt* (*Sat.* I, 5, 90) ; *erāt* (*Sat.* II, 2, 47) ; *condiderīt* (*Sat.* II, 1, 82) ; *velīt* (*Sat.* II, 3, 87).

excepté quand le premier est à la fin d'un vers et le second au commencement du vers suivant.

Partout ailleurs la rencontre des voyelles n'avait guère lieu sans modification de leur valeur; la première voyelle perd la moitié de sa durée, ou s'élide. Elle ne subsiste que rarement avec sa quantité.

1° En latin, mais très rarement, un monosyllabe long devient l'équivalent d'une brève, au milieu d'un pied, comme :

Te in circo tĕ in | omnibus libellis. (CATUL. 55, 4.)
Te Corydon, ŏ Alexi, trahit sua quemque voluptas. V.
Credimus, an quĭ amant ipsi sibi somnia fingunt? V.

En grec, la voyelle longue et la diphtongue perdent la moitié de leur durée et équivalent à une brève : πλάγχθη ἐπεί, ἄνδρα μοὶ | ἔννεπε.

Dans Homère et les poètes dramatiques, les monosyllabes δή, ἤ, ἦ, μή, ὢ et les finales de ἐπεί, ἐγὼ ne comptent avec la voyelle initiale du mot suivant que pour une syllabe qui est longue; ce que les grammairiens appelaient συνίζησις ou συνεκφώνησις. Par exemple : τίς δὴ αὖ (HOM., *Iliad.* I, 540), ἐπεὶ οὔ (*Il.* I, 114), ἦ οἰχόμεσθ' (SOPH. *Trach.*, 84), ἦ εἰσόχεν (HOM. *Il.*, V, 466), μὴ ἡμεῖς (ARISTOPH. *Thesmoph.*, 536).

Dans Virgile, les exemples suivants sont des imitations du grec :

Glauco et Panopēæ ĕt Inoo Melicertæ. (G. I, 437.)
Insulæ Ionio in magno. (Æn. III, 211.)

2° La voyelle brève qui termine un mot ne comptait pas devant un mot commençant par une voyelle. Il y avait ce que nous appelons *élision*[1]. La voyelle ne

1. En grec, συναλοιφή. Les grammairiens latins ont conservé ce mot : « Synaliphe est duarum vocalium concursu alterius elisio, ut *Atque ea*.....e litteram hinc necesse est excludi. » Charisius, p. 279, 9 Keil. — « Synaliphe est per interceptionem concurrentium vocalium lubrica quædam lenisque conlisio, ut *Atque ea*.... hæc a quibusdam syncrisis nominatur. » Donat, p. 396, 23 Keil.

devenait pas entièrement muette; elle se faisait entendre si faiblement qu'elle ne comptait pas.

L'élision s'étendait à la voyelle longue[1] et aux finales en *m* qui étaient toujours brèves[2].

Totæ adeo conversæ acies omnesque Latini. V.
Ill*um* etiam laur*i*, ill*um* etiam flevere myricæ. V.

En grec l'élison s'étendait à la diphtongue αι, quand elle ne compte pas comme longue pour l'accentuation : Βούλομ' ἐγώ, ποιήσομ' ἄκοιτιν, excepté à l'infinitif aoriste 1er passif. N'étaient pas susceptibles d'élision : 1° l'υ ; 2° l'ο des génitifs οιο, αο, du démonstratif ὅ, de l'article ὁ, τό, de la préposition πρό ; 3° l'ι des datifs singulier et pluriel de la 3e déclinaison, de τί, τὶ, ὅτι, περί, ἄχρι, μέχρι ; 4° l'article τά, ἄνα (vocatif d'ἄναξ et impératif d'ἀνάστηθι), l'adverbe μά ; 5° ἰδέ signifiant *et*[3].

Dans le premier livre de l'*Énéide* de Virgile, sur 756 vers, on compte :

Élisions de longues, 85 ; — de finales en *m*, 97 ; — de brèves, 173.

Dans Ovide (*Métam.*, livre I), sur 779 vers :

Élisions de longues, 8 ; — de finales en *m*, 23 ; — de brèves, 129.

C'est la versification d'Ovide qui a prévalu.

On n'élide pas devant une brève les monosyllabes, excepté *me*, *te*, *se*, *mi* pour *mihi*, *qui* (singulier), *si*, *ni*, *de*, *cum*, *tum*, *num*, *jam*, *nam*, *tam*, *quam*, *sum*.

---

1. Il en est de même aujourd'hui dans les versifications espagnole et italienne.

2. Les grammairiens appelaient *ecthlipsis* l'élision des finales en *m* : « Ecthlipsis est cum duabus dictionibus dure concurrentibus aliqua consonantium vel plures quælibet eliduntur, ut *Multum ille et terris.* » Charisius, p. 279, 12 K. — « *m* etiamsi scribitur tamen parum exprimitur adeo ut pæne cujusdam novæ litteræ sonum reddat ; neque enim eximitur, sed obscuratur et tantum aliqua inter duas vocales velut nota est, ne ipsæ coeant. » Quintilien IX, 4, 40.

3. Quelques-uns de ces mots se terminaient primitivement par une consonne.

On n'élide pas une longue ni une finale en *m* entre les deux brèves d'un demi-pied, comme dans *vide ut omnēs, urbesque fere ŏmnes, Castori Amyclæo, fluminum amoris, sanguinem et omnes.*

A la même place, on évite d'élider la finale de mots dactyliques en *a*, comme *fulmina et ignes*[1].

L'élision est rare dans les deux derniers pieds.

3° Quand la voyelle longue ou la diphtongue qui termine le mot compte pour deux temps, et la voyelle finale brève, pour un temps, devant un mot commençant par une voyelle, il y a hiatus.

En grec la voyelle longue ou la diphtongue se rencontre d'ordinaire à la première syllabe du pied : ἀντιθέ | ῳ 'Οδυ | σῆϊ.

Les finales en η, ῳ du datif singulier, οι du nominatif pluriel, des datifs μοι, οἷ, η du nominatif singulier, ευ du vocatif, ει du datif des noms en εύς, εῖ des verbes (= έει) se rencontrent quelquefois à la seconde syllabe du pied : σιωπῇ ἔγχος ἔχων, ἀΐσσων ᾧ ἔγχει, ἵπποι αὐτὸς δὲ, Πηλεῖ ὅς περὶ κῆρι.

La voyelle brève se rencontre devant un mot commençant par une voyelle, surtout quand elle n'est pas susceptible d'élision, comme l'ι du datif de la 3e déclinaison (παιδὶ ὄπασσεν), de τί, τὶ, ὅτι, κλῦθι, ἐσσί, ἀνέσαιμι, l'υ (αἰπὺ ἕλοιεν), l'ο du démonstratif ὅ, du relatif ὅ, de l'article τό, du génitif οιο (Πριάμοιο ἕλωμεν). Elle se rencontre même quand elle est susceptible d'élision : A : ἔθνεα εἶσι; E : οὖλε Ὄνειρε; μέν σε ἔλειπον; O : ἐπεμαίετο ἵππους.

On rencontre l'hiatus devant les mots suivants dont quelques-uns commençaient par un digamma, ἄγνυμι, ἁλίσκομαι, ἄναξ, ἄνασσα, ἀνάσσω, ἁνδάνω, ἀραιός, ἄστυ, ἔαρ, ἕδνα, ἔθειραι, ἔθνος, ἔθοντες, εἴκοσι, εἴκω, εἴλω, οὐλαμός, εἶπον, ἔπος, εἴρω, ἑκάς, ἕκαστος, ἕκηλος, ἑκυρός, ἑλεῖν, ἕλωρ, ἑλώριον, ἑλίσσω, ἔλπομαι, ἐλπίς, ἕννυμι, ἕο, εὗ, ἕθεν, οἷ, ἕ, ὅς (suus), ἔοικα, εἴκελος, ἴκελος, ἔργω, ἔρδω, ἔργον, ἔρδω, ἕρση, ἐρύω, ἐρύομαι, ἕσπερος, ἔτης, ἡδύς, ἦθος, ἦκα, ἦνοψ, ἦρα, ἤριον, ἰαχή, ἰάχω, ἰδεῖν, εἶδος, εἴδωλον, ἵεμαι, Ἴλιος, ἴον, Ἶρις, ἴς, ἰνίον, ἴσκω, ἶσος, ἰτέη, ἶφι, Ἰφιάνασσα, ἰωή, ἰωκή, ὄαρ, οἶδα, οἶκος, οἶνος, ὅς, ὥς, ὠθέω, ὦλκα.

En latin, l'hiatus était tout à fait exceptionnel, excepté dans les Comiques où l'on ne s'en rend pas toujours compte.

---

1. Voy. Lucien Müller, *De re metrica poetarum latinorum*, p. 242-312.

On trouve la voyelle longue dans la première moitié d'un pied :

1° A la césure :

Quid struit? aut qua spē inimica in gente moratur ? V.
Munera sunt laurī et suave rubens hyacinthus. V.
Inclusum buxō aut Oricia terebintho. V.
Sed thyio thalamō aut Oricia terebintho. PROP.

2° Devant une forte pause :

Si pereō, hominum manibus periisse juvabit. V.
Posthabita coluisse Samō; hic illius arma. V.

3° A l'imitation des Grecs [1], en général dans un mot grec ou devant un mot grec :

Glaucō et Panopeæ et Inoo Melicertæ. V.
Nereidum matrī et Neptunō Ægæo. V.
Threiciō Aquilone sonant. H.
Ille Noto Zephyroque et Sithoniō Aquiloni. O.
Ardea, Crustumerique et turrigeræ Antemnæ.
Et celer Ismenos cum Phocaicō Erymantho. O.
Cumque Phereciadē et Hyanteō Iolao. O.
Evolat infelix, et femineō ululatu. V.
Ætas Lucinam justosque patī hymenæos. V.

On ne rencontre presque jamais la voyelle brève :

Et vera incessŭ patuit deă. Ille ubi matrem. V.

---

1. Voyez Quicherat, *Traité de versif. latine*, 3e éd., p. 401-403

V

DES PIEDS, DES MÈTRES ET DES VERS.

PIEDS

On appelle *pied* la réunion de deux, trois ou quatre syllabes, longues ou brèves, dans un ordre déterminé. Les grammairiens ont reconnu vingt-huit pieds différents, quatre de deux syllabes, huit de trois syllabes et seize de quatre syllabes.

PIEDS DE DEUX SYLLABES.

Le Pyrrhique ou Pariambe,	sŏrŏr, căsă.
Le Trochée ou Chorée,	fēcĭt, ōră.
L'Iambe,	dĭēs, dĕō.
Le Spondée,	fīnēs, rēgī.

PIEDS DE TROIS SYLLABES.

Le Tribraque ou Brachysyllabe,	ădĭgĭt, făcĕrĕ.
Le Dactyle,	trādĭdĭt, fūnĕră.
L'Anapeste,	sŭbĭtō, căpĭūnt.
L'Amphibraque,	rĕvīsĭt, ămōrĕ.
Le Crétique ou Amphimacre,	fīlĭōs, nēmĭnī.
Le Bacchius,	rĕpōnūnt, lăbōrī.
L'Antibacchius ou Palimbacchius,	mīrātŭr, mājōră.
Le Molosse,	sēcrētōs, dūmōsā.

PIEDS DE QUATRE SYLLABES.

Le Procéleusmatique,	ădhĭbŭĭt, rĕfĭcĕrĕ.
Le Dispondée,	prōdūcēbānt, ADMīrārī
Le Diiambe,	sĕvērĭtās, ămābĭlī.
Le Ditrochée ou Dichorée,	dēprĕcātŭr, dēsĭlīrē.
Le Choriambe,	tērrĭfĭcānt, præcĭpŭē.
L'Antispaste,	ĭnaūdītŭs, rĕcūsārĕ.
L'Ionique majeur,	dēflēbĭmŭs, mēndācĭă.
L'Ionique mineur,	rĕgĭōnēs, vĕnĕrārī.

Le Péon 1er,	prōgrĕdĭtŭr, dēfĭcĕrĕ.
2e,	ăbūtĭtŭr, pŏtēntĭă.
3e,	vĭŏlātŭr, sŏcĭārĕ.
4e,	cĕlĕrĭtās, pĕrŏlĕō.
L'Épitrite 1er,	ĭnæquālī, ămāvērūnt.
2e,	jānĭtōrēs, cōncĭtārī.
3e,	frūgālĭtās, mītissĭmō.
4e	mājestālĭs, dēclīnātă.

Dans la mesure des pieds, les syllabes longues par position ont la même valeur que les syllabes longues par nature; ainsi on trouve *pATRēs* employé comme spondée, *vŏlUCRēs* comme bacchius, *pERTulit* comme dactyle, etc.

Les pieds les plus employés dans les vers latins sont le spondée, le dactyle, le trochée, l'iambe et l'anapeste.

MÈTRES

La réunion de deux pieds (iambes, trochées ou anapestes) forme ce qu'on appelle un *mètre* (μέτρον). Mais le dactyle, le bacchius et le crétique formaient un mètre à eux seuls.

Pour les anciens, un mètre dans les vers répondait à une mesure en musique. On distinguait le temps fort (θέσις, *positio* ou *ictus*) et le temps faible (ἄρσις, *sublatio*); le temps fort était toujours sur une longue [1].

VERS

La réunion de plusieurs mètres constitue un vers. D'après la définition du mètre, les vers *dimètres*, *trimètres*, *tétramètres* sont généralement composés de quatre, six et huit pieds; le *pentamètre* et l'*hexa-*

1. Les éditions des Comiques faites en Allemagne marquent généralement l'*ictus* par un accent aigu, qui est placé au commencement de chaque mètre ou dipodie sur la première syllabe dans le trochée, sur la seconde dans l'iambe. Quand un tribraque remplace un iambe, on est convenu de marquer l'*ictus* sur la syllabe du milieu ; quand un tribraque remplace un trochée, sur la première syllabe.

mètre dactyliques comprennent seulement cinq et six pieds.

Le vers *hexamètre* se compose de six pieds, dont les quatre premiers sont indifféremment dactyles ou spondées ; le cinquième est un dactyle, et le sixième un spondée.

Tityre|tu patu|læ recu|bans sub|tegmĭnĕ|fāgī. V.

Quelquefois le vers hexamètre est spondaïque, c'est-à-dire que le cinquième pied est un spondée. Dans ce cas le quatrième pied est presque toujours un dactyle.

Cara de|um sobo|les, ma|gnum Jŏvĭs|incre|mentum. V.

Le vers *pentamètre* se compose de cinq pieds, dont les deux premiers sont dactyles ou spondées indifféremment, le troisième un spondée ; le quatrième et le cinquième sont deux anapestes :

Tempora si fue|rint nu|bila so|lus eris.

Le vers pentamètre est en général précédé d'un hexamètre ; la réunion de ces deux vers forme un *distique*.

Les autres vers les plus employés sont les suivants :

L'*iambique trimètre* se compose de six pieds, dont le dernier est toujours un iambe[1]. Les deuxième et quatrième pieds sont aussi des iambes chez les bons poètes ; les premier, troisième et cinquième pieds sont des iambes ou des spondées ou des pieds équivalents en mesure, c'est-à-dire de trois ou quatre temps.

Edit|cĭcu|tis al|lium|nocen|tĭus. H.

---

1. Excepté dans l'iambique scazon, dont le cinquième pied est un iambe et le sixième un spondée.

Le *tétramètre iambique catalectique* ou *septénaire* se compose de quatre mètres ou huit pieds, moins une syllabe. On y trouve un iambe ou un tribraque aux pieds pairs, le septième pied est un iambe ou un tribraque ou même un spondée.

Remit|te pal|lium|mihi|meum|quod in|vŏla|sti. CAT.

Le *tétramètre iambique acatalectique* ou *octonaire* est formé de quatre mètres ou huit pieds, dont le dernier est un iambe, les autres des iambes ou des spondées (ou des pieds équivalents en mesure).

Seu san|guis ul|lo potis|est pac|tō prŏ|flŭens|consi|stĕre. CIC.

Le *tétramètre trochaïque catalectique* ou *septénaire* comprend quatre mètres ou huit pieds moins une syllabe. Le septième pied est un trochée ; les autres sont des trochées ou des spondées (ou des équivalents).

Et mĭ|ser s(um) et|fortū|nātus|si vos|vērā|dīcĭ|tis. PL.

Le vers *phalécien* ou *hendécasyllabe* se compose de cinq pieds qui sont un spondée, un dactyle et trois trochées :

Vērō|nā lĭcĕt|aūdĭ|ēntĕ|dīcăm. MART.

Le *tétramètre crétique* est formé de quatre pieds qui sont des crétiques ou des équivalents :

Vōs ămō|vōs vŏlō|vōs pĕt(o) atqu(e)|obsĕcrō. PL.

Le *tétramètre bacchiaque* est formé de quatre pieds qui sont des bacchiaques ou des molosses (ou des équivalents).

Ădhūc Ar|chylis qu(æ) ad|sŏlēnt quæ|qu(e) ŏportent. TER.

REMARQUE. La syllabe finale de tout vers était à volonté longue ou brève; ainsi le spondée est souvent remplacé par un trochée à la fin de l'hexamètre, l'iambe par un pyrrhique à la fin du trimètre iambique, etc.

VI

DE LA CÉSURE.

La *césure*[1] est la séparation d'un vers en plusieurs parties ou le repos de la voix sur certaines syllabes. On appelle vulgairement *césure* une syllabe qui termine un mot et commence un pied.

Tous les vers de plus de dix syllabes ont au moins une césure.

La séparation des parties du vers par la césure est soumise à des règles déterminées.

On dit que l'hexamètre est régulier quand il a une césure après le second pied, ou deux césures qui se trouvent après le premier pied et après le troisième :

At nos| hinc ali|*i* siti|entes| ibimus| Afros. V.
Bis se|*nos* cui| nostra di|*es* al|taria| fumant. V.

Le vers pentamètre est toujours partagé en deux parties égales, autrement dit, il a une césure après le second pied, et on le scande[2] souvent ainsi :

Tempora| si fue|*rint*| nubila| solus e|*ris*. O.

---

1. τομή, *cæsura*.

2. On appelle *scander* un vers, le décomposer en ses différents pieds.

VII

NOTIONS SUR L'ACCENTUATION LATINE

En latin, comme en grec, les voyelles d'un mot ne différaient pas seulement par la durée; elles différaient encore par la *hauteur* ou le degré d'acuité de l'intonation. Dans chaque mot il y avait une voyelle, et une seule qui recevait une intonation plus aiguë que les autres d'un certain intervalle qui, en grec, était évalué à celui qui sépare *ut* de *sol*[1]. Cette intonation, appelée *accentus*[2], *accentus acutus* n'était pas soutenue au delà d'un temps; quand la voyelle était longue, le premier temps était prononcé avec une intonation aiguë, et le second avec une intonation grave; alors l'accent était *circonflexe*[3]. Les an-

1. Denys d'Halicarnasse, *de compositione verborum*, XI : Διαλέκτου μὲν οὖν μέλος ἑνὶ μετρεῖται διαστήματι τῷ λεγομένῳ διὰ πέντε ὡς ἔγγιστα, καὶ οὔτε ἐπιτείνεται πέρα τῶν τριῶν τόνων καὶ ἡμιτονίου ἐπὶ τὸ ὀξὺ, οὔτε ἀνίεται τοῦ χωρίου τούτου πλεῖον ἐπὶ τὸ βαρύ. On n'a aucun témoignage sur l'intervalle qui séparait l'aigu du grave en latin. Quintilien trouvait l'accentuation latine moins harmonieuse que l'accentuation grecque (12, 10, 23) : « Accentus quoque, cum rigore quodam, tum similitudine ipsa minus suaves habemus quam Græci. »

2. Ce terme est la traduction littérale du grec προσῳδία, qui avait, chez les grammairiens, un sens plus général, comme nous l'avons vu plus haut, p. 1, note 1. Le terme technique grec, qui désignait spécialement l'accent, était τόνος que les Latins rendaient par *tenor*. *Accentus acutus* répond à τόνος ὀξύς, *gravis* à βαρύς, *circumflexus* à περισπώμενος.

3. Les grammairiens savants distinguaient un accent *anticirconflexe* (ἀντανακλαζομένη προσῳδία, par opposition au circonflexe, κεκλασμένη), qui se faisait entendre, quand l'intonation, d'abord grave, devenait aiguë dans le second temps. (*Weil et Benloew*, *Théorie générale de l'accentuation latine*, p. 12.)

ciens distinguaient donc trois intonations des voyelles ou accents : accent aigu, accent grave, accent circonflexe. Ces dénominations toutes musicales ne sont pas applicables aux langues modernes ; l'accent, dit *tonique*, qui porte en français sur la pénultième des mots féminins, *apporte*, et la dernière des mots masculins, *apport*, est plutôt une intonation forte qu'une intonation aiguë donnée à la voyelle ; le caractère musical y est infiniment moins sensible qu'il ne l'était dans les langues anciennes[1], et on peut n'en pas tenir compte.

Voici quelles étaient les règles générales de l'accentuation latine.

1° Dans les monosyllabes, la voyelle était prononcée avec l'accent aigu ou l'accent circonflexe selon qu'elle est brève ou longue : *cŏr*, *fĕl*, *mĕl*, *ŏs* (l'os), *făx*, *dŭx*, *ĕst* (il est), étaient prononcés avec l'accent aigu ; *nôn*, *sôl*, *jûs*, *ôs* (la bouche), *êst* (il mange), avec le circonflexe.

2° Dans les dissyllabes, la voyelle de la finale était toujours prononcée avec l'accent grave.

Si la voyelle de la finale est longue, la voyelle de la première syllabe était prononcée avec l'accent aigu, quelle que soit sa quantité : *rosās*, *orās*.

Si la voyelle de la syllabe finale est brève, la voyelle longue de la première syllabe était prononcée avec l'accent circonflexe : *Rômă*, *mûrŭs fûnĭs;* dans la syllabe longue par position, la voyelle étant brève ne pouvait être prononcée qu'avec l'accent aigu : *factă*, *raptă*.

1. Cette distinction fort importante entre l'accentuation antique et l'accentuation moderne, qui a été d'abord signalée par M. Benloew (*de l'Accentuation dans les langues européennes*, p. 40, 260, 293), a été ensuite développée par M. Weil dans un mémoire lu au congrès des philologues allemands en 1852. Les langues anciennes, avec la quantité et cette variété de modulations aiguës, graves, circonflexes, étaient essentiellement musicales, et on comprend que les anciens aient établi une relation étroite entre la musique et le débit oratoire. Voir Quintilien, I, 10, 23 et suiv.

3° Dans les mots de trois syllabes et plus, la voyelle de la syllabe finale était toujours prononcée avec l'accent grave.

Si la pénultième syllabe est brève, la voyelle de l'antépénultième était prononcée avec l'accent aigu : *gladĭus*, *gladĭos*, Au*fĭdus*, Au*fĭdi*, *animŭla*, *animŭlas*, *fortitudĭnem*.

Si la pénultième syllabe est longue par position, sa voyelle était prononcée avec l'accent aigu : *agrĕstis*, *agrĕstes*.

Si la pénultième syllabe est longue par nature, sa voyelle était prononcée avec l'accent aigu, quand la voyelle de la finale est longue, avec l'accent circonflexe, quand la voyelle de la finale est brève : *Romanī*, *Românĭs*.

Remarque. Le choix entre l'aigu et le circonflexe dépendait donc de la quantité de la voyelle. Les textes des poètes ne peuvent pas nous indiquer la quantité de la voyelle quand elle est suivie de plusieurs consonnes dont la seconde n'est pas une *l* ou une *r*. Les témoignages directs sont nécessaires, et ils sont en petit nombre. Ce qui montre combien l'analogie peut tromper en pareille matière, c'est le fait attesté en particulier par Cicéron (*Orator*, 48, 159) : sans ce témoignage (auquel se joignent d'autres de moindre autorité), on n'aurait pû que soupçonner que l'*i* de *in* était long devant des mots commençant par *f* et par *s*[1], *infelix*, *insanus*, bref dans les autres conditions. L'analogie aurait plutôt conduit à le considérer comme bref dans tous les cas. Nous renvoyons, pour plus de détails sur ce point, à MM. Weil et Benloew, qui ont traité ce sujet avec beaucoup de soin et de critique dans leur *Théorie générale de l'accentuation latine*, p. 27 et suivantes.

---

1. Et encore n'y a-t-il d'indices probants que pour les mots où *in* est suivi de *s*.

APPENDICE

PROSODIE GRECQUE

I. RÈGLES GÉNÉRALES.

ε, ο sont toujours brefs; η, ω toujours longs; α, ι, υ étaient appelés δίχρονα (φωνήεντα), c'est-à-dire voyelles tantôt brèves, tantôt longues.

Les diphtongues sont toutes longues : δίφθογγοι εὔφωνοι : αι, ει, οι, αυ, ευ, ου. — δίφθογγοι κακόφωνοι : ηυ, ωυ, υι[1]. — δίφθογγοι ἄφωνοι : ᾳ, ῃ, ῳ.

Les finales αι et οι comptent pour brèves, relativement à l'accent : παίδευσαι, excepté à l'optatif : παιδεύσαι.

Toute voyelle résultant d'une contraction ou d'une crase est longue.

Une voyelle peut être longue devant une autre voyelle.

II. NOMS.

TERMINAISONS.

Première déclinaison

Féminins. Nom., voc., acc. singulier. — L'α est bref au nominatif dans les substantifs en α, génitif ης. Il

1. Voir le scholiaste de Denys le Thrace (p. 803, 9-15), qui démontre (p. 802)

est long dans les substantifs en α, génitif ας, excepté :

1° Dans les substantifs en τρια : ψάλτρια, ποιήτρια, et dans le nom de lieu Ἐρέτρια.

2° Dans les substantifs en ρα qui ont à la pénultième un υ long ou une diphtongue (excepté αυ) : ἄγκυρα, γέφυρα, Κέρκυρα, ὄλυρα, κόλλυρα, σφαῖρα, χίμαιρα, μάχαιρα, σώτειρα, Δηϊάνειρα, μοῖρα. Ajoutez Τάναγρα.

3° Dans les substantifs de trois syllabes et plus en εια et en οια : ἀλήθεια, ὠφέλεια, βασίλεια (reine), Κορώνεια, Μήδεια, ἄνοια, Εὔβοια ; il faut excepter les noms abstraits dérivés de verbes en εύω, où l'α est long : παιδεία, βασιελία (royauté).

4° Dans quelques noms de villes en αια : Νίκαια, Πλάταια, Ποτίδαια, Φώκαια.

L'α est long au féminin des adjectifs en ος, ον, bref au féminin des autres adjectifs : θεία, Ῥοδία (adjectif), ταχεῖα, μέλαινα, λύσασα, τιθεῖσα, λελυκυῖα, οὖσα.

L'accusatif αν a la quantité du nominatif singulier.

Andromedān alius spectet claramve Coronam. O.
Maiăn et Electran Taygetenque Jovi. O.

Masculins. Les nominatifs et vocatifs en α sont brefs : εὐρύοπα, ἵπποτα.

Cur ego, si nequeo ignoroque, poetă salutor ? H.

Les vocatifs des noms en ης sont brefs : Σκύθα.

Fecerunt furiæ, tristis Orestă, tuæ. O.

L'α est long au nominatif, au vocatif et à l'accusatif des noms en ειας, ιας, ρας : Αἰνείας, -α, -αν.

Æneās ignarus abest ; ignarus et absit. V.
Quid miserum, Æneā, laceras ? jam parce sepulto. V.
Æneān acciri omnes, populusque patresque. V.

---

que υι est une diphtongue et non dissyllabe, par ex. dans υἱ-ός. L'υ était long. Cf. Buttmann, *Ausführliche Griechische Grammatik*, p. 23.

L'α est long aux génitifs en α : Ἀννίϐα; en αο : Ὀρέσταο; en άων : μελισσάων; au duel : νίκα.

L'accusatif pluriel ας est toujours long.

Troisième déclinaison

L'α est bref :

1° Dans les neutres, au nominatif et à l'accusatif du singulier et du pluriel : σῶμα, σώματα, excepté dans les pluriels où il résulte d'une contraction : γέρα.

Non satis est pulchra esse poemată, dulcia sunto. H.

2° Dans les masculins, à l'accusatif singulier et pluriel : ῥήτορα, ῥήτορας, excepté dans les noms en ευς : φονέα, φονέας (où l'α est cependant quelquefois bref) et dans des contractions Ἐρετριᾶ, χοᾶ, Σοφοκλέα, δυσκλεᾶ.

Ardentem conjecit lampadă Turnus. V.
Divisque videbit
Permixtos heroăs et ipse videbitur illis. V.

L'ι est bref aux datifs singulier et pluriel : ῥήτορι, ῥήτορσι.

Tous les noms monosyllabiques (excepté τίς) sont longs au nominatif singulier : πᾶν, Πάν, Κάρ, ῥίς, κίς, δρῦς, μῦς, σῦς.

SYLLABES FINALES DES RADICAUX.

Radicaux terminés par une gutturale (γ, κ, χ).

αξ, ακος, αγ-ος, αχ-ος

L'α est long :

1° Dans les monosyllabes masculins ῥάξ, ῥαγ-ός — βλάξ, βλαχός, — Θρᾴξ, Θρᾳκ-ός, etc.

Thrāces arant ; acri quondam regnata Lycurgo
Terra. V.

2° Dans les dissyllabes masculins qui ont la pénultième longue par nature : θώραξ, θώρακ-ος ; λάβραξ, λάβρακος, etc.

Thoracă simul cum pectore rumpit. V.
Tam vacui capitis populum Phæāca putavit? J.

Cependant l'α est bref dans δρῶπαξ, δρώπακ-ος et λεῖμαξ, λείμακ-ος[1].

Psilothro faciem lævas et dropăce calvam. M.

3° Dans les noms où αξ est précédé d'une voyelle ou d'une syllabe longue par nature, ῥύαξ, ῥύα-κος — πλούταξ, πλούτακ-ος.

L'α est bref :

1° Dans les monosyllabes féminins : σπάξ, σπακ-ός — στάξ, σταγ-ός.

2° Dans les dissyllabes féminins dont la pénultième est longue par nature : αὖλαξ, αὔλακ-ος — θρῖδαξ, θρίδακ-ος[2] — κλῖμαξ, κλίμακ-ος — πῖδαξ, πίδακ-ος.

Et Crocon in parvos versum cum Smīlăce flores. O.

3° Dans les dissyllabes dont la pénultième est brève : ἄβαξ, ἄβακ-ος — δόναξ, δόνακ-ος — κόλαξ, κόλακ-ος — πίναξ, πίνακ-ος — φύλαξ, φύλακ-ος ; — mais il est long dans Σύφακ-ος[3].

Ambrosiæ succos et odoriferam panăceam. V.
Non styrăce Idæo fragrantes picta capillos. (*Ciris*, 168.)
Postera lux melior, superat Masinissa Syphācem. O.

---

1. Eucheria (vs. 18) a employé *limacem* avec *a* long.

2. Dans *thridăc-is* Serenus Sammonicus (v. 448) a abrégé à tort la première syllabe.

3. Telle est la quantité conservée par Ovide et Properce. Mais Claudien a employé *Syphăcis* (Bel. Gild., 91).

4° Dans les dissyllabes dont le radical est en αγ, αχ, comme ἅρπαξ, ἅρπαγ-ος.

ιξ, ικος, ιγος, ιχος.

L'ι est long :

1° Dans les monosyllabes qui ne commencent pas par deux consonnes : ἴξ, ἰκ-ός — φίξ, φικ-ός ;

2° Dans les dissyllabes dont la pénultième est longue par nature ou par position : ἄιξ, ἄικ-ος, βέμβικ-ος, μάστιγ-ος, πέρδικ-ος, σκάνδικ-ος, τέττιγ-ος, φοίνικ-ος.

Aut cinis Eoa positi phœnīcis in ara. Luc.

Exceptez χοίνικ-ος où l'ι est bref[1], et Θρήϊκ-ος où il était commun.

L'ι est bref :

1° Dans les monosyllabes qui commencent par deux consonnes : στιχ-ός, τριχ-ός, πνιγ-ός.

2° Dans les noms en λιξ : ἥλικ-ος, Κίλικ-ος, κύλικ-ος.

Ille licet Cilĭcum victas agat ante catervas. Tib.

υξ, υκος, υγος, υχος.

L'υ est long des les dissyllabes dont la pénultième est longue par nature : δοίδυκ-ος, κήρυκ-ος et dans βόμβυκ-ος.

Alcyone Ceȳca vocat, Ceȳcis in ore. O.
Nec si qua Arabio lucet bombȳce puella. Prop.

L'υ est bref :

1° dans les noms en υκ[2] dont la pénultième est brève

1. Serenus Sammonicus a aussi abrégé l'i du radical dans *mastich-is* ; Calpurnius dans *histrĭc-is* ; Lucilius dans *thomĭc-is*.

2. En latin *sandȳcis* ne se trouve que dans Gratius Faliscus (Cyn. 86). Properce (II, 25, 45) :

Illaque plebeio vel sit sandȳcis amictu.

par nature ou longue par position : κάλυκ-ος, Ἔρυκ-ος, σάνδυκ-ος.

Ampȳca quid referam? O.
Quid geminas, Erȳcina, meos sine fine dolores. O.

2° Dans les noms en υγ, υχ : ὄρτυγ-ος, πτέρυγ-ος, ὄνυχ-ος.

Linquimus Ortȳgiæ portus pelagoque volamus. V.

3° Dans les monosyllabes : Στυγ-ός, Φρυγ-ός.

Per Stȳga detur iter, Stȳgias tranabimus undas. V.
O vere Phrȳgiæ, neque enim Phrȳges. V.

Radicaux terminés par une labiale (β, π, φ) :

αψ. — L'α est bref : λαίλαπ-ος, Ἄραβ-ος.

Easque domos Arăbum, pictosque Gelonos. V.

ιψ. — L'ι est long : ἶπ-ες, κνῖπ-ες.

L'ι est bref dans νιφ-ός (de l'inusité νίψ), χέρνιβ-ος, παιδότριβ-ος et en général dans les polysyllabes.

υψ. — L'υ est long : γυπ-ός, γρυπ-ός.

Jungentur jam grȳpes equis. V.

Radicaux terminés par une dentale (δ, τ, θ, ν).

Cas obliques du singulier et du pluriel :

— αδ, ατ sont brefs : Ἀρκάδ-ος, μυριάδ-ος, σώματ-ος.

Ambo florentes ætatibus, Arcădĕs ambo. V.

— ιδ, ιτ sont brefs en général[1] : ἀσπίδ-ος, χαλκίδ-ος, Ἑλληνίδ-ος, χάριτ-ος ;

Aspĭda somniferam tumida cervice levavit. Luc.

1. Il faut excepter *Psophīd-is* (Ov. Met. v, 606); mais l'ĭ est bref dans Stace

— ιθ est long : ὄρνιθ-ος.

— υδ et υτ sont brefs : χλαμύδ-ος, κόρυθ-ος.

Inductus Tyriam chlamydem quam limbus obibat. O.

— αν, ιν, υν sont longs : Πᾶν-ος; Τιτᾶν-ος, δελφῖν-ος, ἀκτῖν-ος, ῥιν-ός, Φόρκυν-ος. Exceptez μέλαν-ος et τάλαν-ος.

Pānaque sylvanumque senem nymphasque sorores. V.
Orpheus in silvis, inter delphīnas Orion. V.
In partem Phorcȳnida transtulit illam. O.

Dans les radicaux terminés par une dentale, au nominatif singulier, ας des noms en αντ est long : Αἴας, πλέξας, ἐλέφας.

Gætulus densis elephās oppressus ab armis. Luc.

L'α est long dans τάλας, μέλας[1].

D'ailleurs ας, ις, υς sont brefs ou longs comme l'est la voyelle finale de ces radicaux : Ἀρκάς, ἀσπίς, χάρις, χλαμύς ont la finale brève; ὄρνις, ἀκτίς, ῥίς, l'ont longue.

Τιτάν a la finale longue.

Bellica Pallăs adest et protegit ægide fratrem. O.
Et modo, quæ causas præbeat, Isĭs erit. O.
Unde venit Titān et nox ubi sidera condit. Luc.

Radicaux terminés par λ ou ρ.

ἁλ-ός est bref.

Les monosyllabes en αρ : Κάρ, ψάρ, etc., conservent l'α long aux cas obliques.

Les polysyllabes, masculins, féminins ou neutres en αρ sont brefs : δάμαρ, ἦμαρ, δέλεαρ, νέκταρ.

(Theb. IV, 296), *Crenīd-is* (Priscien, p. 755 P. ou I, p. 325, 44 *K.*) *Nesīd-is* (Stace, Silv. II, 1, 148).

1. Il est bref dans μέγας.

Liquido distendunt nectăre cellas. V.

L'υ est long dans πῦρ au nominatif et à l'accusatif, bref aux autres cas[1].

Il est bref dans μάρτυς, μάρτυρ-ος, à tous les cas.

Radicaux terminés par ι *et* υ.

L'ι est bref dans les noms en ι-ς, à l'exception des monosyllabes, comme λί-ς, κί-ς.

L'υ est long, au nominatif et à l'accusatif, dans les monosyllabes comme δρῦς, δρῦν, μῦς, μῦν, σῦς, σῦν et dans les polysyllabes oxytons comme ἰχθύ-ς, νηδύ-ς, ὀφρύ-ς.

L'υ est bref dans les barytons comme γένυς, πέλεκυς, στάχυς, πῆχυς, les adjectifs composés en υς : εὔσταχυς et ceux qui sont en υς, εια, υ : βαθύς, ἥμισυς, ταχύς, ὠκύς.

L'ι et l'υ sont brefs dans les neutres.

Molў vocant superi, nigra radice tenetur. O.

COMPARATIFS. — PRONOMS

L'ι, dans les comparatifs en ιων, ιον, est bref d ordinaire chez Homère et les épiques, long chez les Attiques.

σύ, τίς, τί sont brefs.

ἐκεινοσί, οὑτοσί, ὁδί, etc., ont l'ι final long.

---

1. Voir, pour les mots composés avec πυρ, p. 121.

III. VERBES.

Flexions. L'α est bref : ἐφύλαξα, ἔδωκα, etc., -ας, αμεν, -ατε, -αν ; φυλάξειας, -αν ; πεποίηκα, -κας, -καμεν, etc., excepté à la troisième personne du pluriel du parfait, πεποιήκασι, où il est long.

L'ι est bref dans toutes les désinences σι, μι, τι, θι.

Radicaux. Dans les radicaux des verbes en άζω, ίζω, ύζω, et dans ceux des verbes en σσω (ττω) qui ont une consonne simple (σ) au futur et à l'aoriste, la voyelle est brève : θαυμά-σαι, στηρί-ξαι, κλύ-σαι, πλά-σαι.

Dans les verbes en ίνω, ύνω, ύρω, la voyelle est longue au présent et à l'aoriste, brève aux autres temps : κλῖν-ον, κρῖν-αι, φῦρ-ον, κεκρί-σθαι.

Dans les formes non contractes des verbes en αω, l'α subsiste après l'ε, l'ι et le ρ, et est long : ἐᾶ-σαι, μειδιᾶ-σαι, δρᾶ-σαι.

Il est aussi long dans ἀκροά-ομαι, ἀκροά-σομαι. — χρά-ω fait χρή-σω.

Il est bref dans les formes non contractes de γελάω, θλάω, κλάω (je brise), χαλάω, σπάω : γελάσαι, θλάσαι, κλάσαι, χαλάσαι, σπάσαι.

Dans les verbes en ίω, l'ι est long en général : μηνῖ-ον, χρῖ-ον, πρῖ-ον. — La quantité varie chez les poètes dans les présents τίω, πίω, φθίω.

L'υ est généralement long dans les verbes en ύω, chez les Attiques : λῦε, δακρῦσαι, excepté 1° dans πτύω, au futur et à l'aoriste, πτύσον, πτύσαι ; — 2° dans λύω, et θύω aux parfaits et plus-que-parfaits actifs et passifs, au futur et à l'aoriste passifs, λέλυκα, λελύσθαι, ἐλελύκειν, ἐλελυτο, λυθήσομαι, λυθείς ; — 3° dans ἀνύω ou plutôt ἀνύτω, ἀρύω, μεθύω.

Remarques. 1° Chez les poètes, la quantité de l'υ est variable au présent et à l'imparfait des verbes en ύω; δύω, θύω, λύω, φύω sont tantôt longs, tantôt brefs. Dans Homère δύω, θύω, ont υ long, λύω, φύω, ont υ bref; on trouve constamment ξύω, τρύω, avec υ long, βρύω, κλύω, πτύω, avec υ bref. L'υ est bref dans les polysyllabes en υω dont l'antépénultième est brève : ἀπύω, σταχύω, τανύω.

2° L'ι est bref dans les noms dérivés des verbes en ιω qui ont l'ι bref : τίσις; dans les dérivés des verbes en ινω : κρίσις, ἄκριτος, κρίτης. L'υ est bref dans les dérivés des verbes en υω qui ont des formes ou l'υ est bref : λύσις, φύσις, θυσία. Chez les poètes, l'υ est long dans certains mots composés : φυταλιή, βουλυτός, et, en particulier, dans les mots composés avec des formes en υσι : φυσίζοος, λυσίπονος, λυσιμελής, etc.

IV. QUANTITÉ DES VOYELLES MÉDIALES ET INITIALES.

A

I. Devant une voyelle.

Au milieu des mots,

L'α est long :

1° Dans quelques adjectifs qui viennent de verbes en αω et du verbe ἄημι, comme ἀλιάης, δυσάης.

2° Dans la désinence féminine αϊς : Ἀχαΐς, Θαΐς, Λαΐς et dans les mots qui en dérivent : Ἀχαϊκός, Χαλδαϊκός.

Sed simile est aliquid ; pro Lāide Thāida dixi. Mart.
Achāica castra. V.

3° Dans les noms en αων, génitif αονος : διδυμάων,

ὀπάων, Λυκάων, Μαχάων, Ἀμυθάων et les patronymiques qui en dérivent : Λυκαονίδης ; excepté Φάων[1].

Claramque Lycāonis arcton. V.
Tarda Philoctetæ sanavit crura Machāon. PROP.

Au commencement des mots,

L'α est long dans les mots composés avec ἀεί : ἀέναος ; dans les substantifs disyllabes en αος, λαος et leurs dérivés : λαός, Ἰόλαος, Ἀρκεσίλαος.

Atrīdes Protei Menelāus ad usque columnas. V.[1]
Ore reformatus primos Iolāus in annos. O.

Dans ἀήρ, Ἀόνιος.

Ipsis est āer avibus non æquus. V.
Āonas in montes ut duxerit una sororum. V.

II. DEVANT UNE CONSONNE.

Au milieu des mots,

L'α est long :

1° Dans les dérivés des verbes en -εαω, -ιαω, -ραω, comme θέαμα, θεατής, ἴασις, πειρατήριον ;

Dans les dérivés d'ἀράομαι, comme Δημάρατος (mais bref dans ceux d'ἔραμαι, comme Νικήρατος).

2° Dans les noms de peuples en ιανός : Ἀσιανός, Φασιανός, Τραλλιανός.

Hæc Asiānorum vetera ornamenta deorum. J.
Et impiorum Phasiāna Colchorum. M.

3° Dans les noms de peuples et les noms propres en ιάτης ou εάτης : Σπαρτιάτης, Τεγεάτης et aussi Εὐφράτης, Λευκάτης, Μιθριδάτης, Ἀχάτης, Νιφάτης (mais α est bref

---

1. Dans ce mot, l'α appartient au radical. — Voir la pièce connue sous le nom d'Ovide *Sappho Phaoni*, et Ausone (Epig. 92) :

Quod Canace, Phyllisque, et fastidita Phăoni.

dans Σωκράτης et autres mots originaires de radicaux qui ont la voyelle brève).

Hinc movet Euphrātes, illinc Germania bellum. V.
Addam urbes Asiæ domitas pulsumque Niphātem. V.
Dextera lascivit cæsa Tegeātide capra. Sil.
Post victas Mithridātis opes.
Rem tibi Socrăticæ poterunt ostendere chartæ. H.

4° Dans les composés avec ἀνήρ qui se terminent en ωρ, comme Βιάνωρ, Νικάνωρ.

Sepulcrum
Incipit apparere Biānoris. V.

5° Dans les noms propres suivants : Πρίαπος, Φάρσαλος, Στύμφαλος, Συρακόσιος.

Hellespontiaci servet tutela Priāpi. V.
Venturi me teque legent; Pharsālia nostra
Vivet. L.
Prima Syrācosio dignata est ludere versu. V.

6° Dans φλυαρός, ἀνιαρός, τιάρα, ὀπαδός, αὐθάδης, κόβαλος, ἄκρατος, νεᾶνις, σίναπι, σιαγών et les composés en αγος de ἄ-γω et de ἄ-γνυμι, comme λοχαγός, ναυαγός.

Tempora purpureis tentat velare tiāris. O.

7° Dans les noms propres terminés en ανω, ασων, ασις, απις, comme Θεανώ, Ἰάσων, Ἄμασις, Σέραπις.

Quas habuit Tanaquil, quas Pythagorea Theāno. Aus.
Thurinosque sinus, Temesenque et Iāpygis ara. O.
Quem, nisi crudelem, non tangat Iāsonis ætas? O.
Vincebant, nec quæ turba Serāpin amat. Mart.

L'α est bref:

1° Dans les patronymiques en άδης, comme Λαερτιάδης et les noms propres en άδης, Πυλάδης.

Tros Anchisiădes, animos tamen omine tollit. V.
Narratur Pylăden ipse probasse Thoas. O.

2° Dans les adverbes en άδόν et άδην ;

3° Dans les noms en αθος, αθων : κάλαθος, κύαθος, Μαραθών.

Afferat in calăthо rustica dona puer. O.
Cardiaco nunquam cyăthum missurus amico. J.
Mirata est Marăthon Cretæi sanguine tauri. O.

4° Dans les dérivés en ακος : μαλθακός, θύλακος, ζωδιακός, Κορινθιακός et les adverbes de nombre en άκις.

Illa Corinthiăcis primum mihi cognita Cenchris. O.

5° Dans les adjectifs en αλεος, αλος ; les substantifs en αλη, αλον, αλος : Δαιδάλεος, ἁπαλός, κροκάλη, κύμβαλον, Θεσσαλός.

Dædăleum lino cum duce rexit iter. Prop.
Tympana tenta tonant palmis et cymbăla circum. Lucr.
Ismenis Crocăle sparsos per colla capillos. O.
Thessălus, ancillæ facie Briseidos arsit. O.

6° Dans les mots en αμος, αμων : κάλαμος, ποταμός, τελαμών.

Ludere quæ vellem calămo permisit agresti. V.

7° Dans les mots en ανος, ανον, ανη : βάλανος, οὐρανός, δρέπανον, βοτάνη.

Hoc ex unguento constat et ex balăno. M.
Excipit Urănie ; fecere silentia cuncti. O.

8° Dans les diminutifs en άριον : παιδάριον.

9° Dans les mots en αρος : βάρβαρος, καθαρός, excepté ἀνιαρός où la pénultième est longue.

Et gravis attrita pendebat canthărus ansa. V.

10° Dans les noms dérivés de verbes où l'α est bref : ἐλατήρ, δύναμις.

11° Dans les adjectifs en ασιος : διπλάσιος.

Au commencement des mots,

L'α est long :

1° Dans les dissyllabes oxytons en αλος : δαλός, καλός (καλός a l'α bref chez les Attiques). Il est bref dans les paroxytons ζάλος, λάλος.

2° Dans les dissyllabes oxytons en ανος : πανός, φανός.

3° Dans les mots qui ont η en dorien comme σφραγίς, τραχύς, φράτωρ.

Quid quum sacrandus accipit sphrāgitidas? PRUD.

4° Dans Ἄκις, Ἀπιδανός, Ἆπις, Ἄσωπος, ἀρητήρ, ἄτη.

Ācis erat Fauno nymphaque Symæthide cretus. O.
Multa quoque Āpidani placuerunt gramina ripis. O.
Et sacer in cineres Magni mactabitur Āpis. LUC.
Aureus ut Danaen, Āsopida luserit ignis. O.

L'α est bref :

1° Dans les neutres de la 3e déclinaison : φάος, χάος, βάθος, τάχος, excepté πρᾶγος, φᾶρος. (On trouve aussi φάρος, avec α bref, dans les tragiques.)

2° Dans αβ : Ἄβυδος, ἄβυσσος, βλάβη.

Seston Ăbydena separat urbe fretum. O.
Mersandam penitus puteo ferventis ăbyssi. PRUD.

3° Dans αμ, en général : ἅμαξα, γάμος, κάματος (mais ἀμάω, ἀμητήρ et ἀμητός ont l'α long chez Homère).

Has, hyacinthe, tenes; illas, ămaranthe, moraris. O.
Arma dedi Danais in Ămazonas, arma supersunt. O.

4° Dans les paroxytons en ρος : Πάρος, σκάρος.

Aut scărus aut poterit peregrina juvare lagois. H.

5° Dans les dissyllabes en ατος, βάτος, στρατός.

Aut Strătocles, aut cum molli Demetrius Hæmo. JUV.

6° Dans les verbes en σσω : ἀμύσσω.

7° Dans l'α privatif : ἄθυμος (à moins qu'il n'y ait contraction : ἄκων), ἀργός, mais ἀθάνατος, ἀκάματος ont l'α long.

8° Dans les composés de πᾶν : πανάξιος, πανάριστος.

Ara Pănomphæo vetus est sacrata Tonanti. O.
Ambrosiæ succos et odoriferam pănaceam. V.

L'α se prononçait bref devant ζ, ξ, ψ, ρ suivis d'une consonne, σ suivi d'une muette : γάζα, ἅμαξα, ἄψυχος, Ἄργος, ἀσπίς.

I

I. Devant une voyelle

L'ι est bref en général.

Il est long :

1° Dans les dissyllabes qui commencent par deux consonnes : θριά, στιά, φλιά et ses dérivés, et dans ἀνία, κονία, καλιά.

2° Dans les dissyllabes oxytons, par exemple ἰός, κριός, excepté βιός (arc), qui a l'ι bref.

3° Dans les adjectifs propérispomènes comme δῖος, Χῖος, Φθῖος (mais Χίος, l'île, a l'ι bref), dans Φλιοῦς, Φλιάσιος.

Et Chīo solvite vincla cado. Tib.
Romæ laudetur Samos et Chīos et Rhodos absens. H.
Quæque in Adimantum Phlīasia regna tenentem. O.

4° Dans les primitifs en ιων, ιονος, comme πίων, κίων, πρίων, βραχίων (et les noms qui en dérivent comme Πιερία, Πιερίδες, πιαίνω, πιμελή).

Quamvis Pīerio sit bene nota choro. Mart.
Dicite, Pīerides. V.

5° Dans les noms propres en ιων, ιονος : Ἀμφίων, Ἀρίων,

Ἰξίων (l'ι est bref dans ceux qui ont le génitif en ιωνος comme Δευκαλίων. — l'ι est commun dans Ὠρίων).

Quod mare non novit, quæ nescit Arīona tellus? O.
Et post antiquas Deucalĭōnis aquas. PROP.

6° Dans ἰάομαι et dérivés : ἰατρός a l'ι long chez les poètes épiques, mais l'ι est bref chez les Attiques.

7° Dans quelques noms propres devant α bref : Ἴασος, Ἰασίδης, Ἰασίων, Ἰάπετος.

Cæumque Iapetumque creat. V.
Iasiusque pater, genus a quo principe nostrum. V.

8° Dans Ἰόπη (ville de Palestine), ἴυγξ, ἰυγμός.

9° Il est allongé par les poètes dans les syllabes initiales de Ἰόνιος, Διογενής, Πριαμίδης.

Nosse quot Ionii veniant ad littora fluctus. V.
Priamides multis Helenus comitantibus affert. V.

II. DEVANT UNE CONSONNE.

Au milieu des mots,

L'ι est long :

1° Dans quelques noms propres en ιχος : Κάϊχος, Γράνιχος.

Saxosumque sonans Hypanis, Mysusque Caīcus. V.

2° Dans les proparoxytons en ιλος : ὅμιλος, στρόβιλος (mais il est bref dans les paroxytons masculins Ζωΐλος, ναυτίλος).

3° Dans les polysyllabes féminins et les noms propres en ινη : ἀξίνη, δωτίνη, ῥητίνη, πυτίνη, Μυρίνη, Ὠκεανίνη. — Dans Αἴγινα, Καμάρινα.

Nerīne Galatea, thymo mihi dulcior Hyblæ. V.
Apparet Camarīna procul. V.
Hemīnas recipit geminas sextarius unus. PRISC.

4° Dans les noms de peuples et les noms propres en ινος : Ταραντῖνος, Βυζαντῖνος, Ἀρχῖνος.

Lana Tarentīno violas imitata veneno. H.
Byzantīna Lȳgos, tu Punica Byrsa fuisti. Aus.

5° Dans κάμινος, κυκλάμινος ou -ον, σέλινον, κύμινον, ἐρινός, χαλινός.

Udos cum foliis ramos urente camīno. H.
Biberent exsangue cumīnum. H.

6° Dans les noms étrangers en ιρις : Βούσιρις, Ὄσιρις et dans Σεμίραμις.

Aut illaudati nescit Busīridis aras. V.
Sic tua sacra pius semper Osīris amet. O.
Persarum statuit Babylona Semīramis urbem. Prop.

7° Dans quelques noms propres devant un σ : Ἀγχίσης Ἀμνισός.

Tros Anchīsiades. V.

8° Dans les noms propres en ίτη : Ἀμφιτρίτη, Ἀφροδίτη.

Margine terrarum porrexerat Amphitrīte. O.

9° Dans les noms en ίτης, ῖτις : Θερσίτης, ὁπλίτης, Ὠκεανῖτις.

Clioque et Beroe soror, Oceanītides ambæ. V.
Tam mala Thersīten prohibebat forma latere. O.
Dixerat ; annuerunt nymphæ Tiberīnides omnes. O.

10° Dans χελιδών, ἔριθος, ἀκριβής, ἀκόνιτον, τάριχος, Φοινίκη, μυρίκη, Ὀϊλεύς, Εὔριπος, Ἐνιπεύς, Σέριφος, à l'antépénultième de Λακίνιον, Εὐριπίδης.

Nec miseros fallunt aconīta legentes. V.
Non omnes arbusta juvant humilesque myrīcæ. V.
Unius ob noxam et furias Ajacis Oīlei. V.
Stagnaque et Eurīpi, Virginiusque liquor. O.
Sanguine Romano quam turbidus ibit Enīpeus. Luc.

L'ι est bref :

1° Dans les patronymiques en ίδης : Πριαμίδης.

Priamĭdes multis Helenus comitantibus affert. V.

2° Dans les diminutifs en ιδεύς, ίδιον : λυχιδεύς, ξιφίδιον; les adjectifs dérivés en ίδιος : μοιρίδιος.

3° Dans les adjectifs en ικός : Ἀττικός, κριτικός.

Melle quod in ceris Attĭca ponit apis. O.

4° Dans les dérivés en ίλος, ιμος : ποικίλος, ἄνθιμος, νόστιμος

5° Dans les adjectifs en ινεος, ινος formés avec des noms de matière et de temps ;λαΐνεος, βύσσινος, ὑακίνθινος, εἰαρινός, ἑσπερινός, ἑωθινός, ἡμερινός, νυκτερινός et dans ἀληθινός.

Cui circum humeros hyacinthĭna læna est Pers.
Et crocĭno nares murrheus ungat onyx. Prop.

Au commencement des mots,

L'ι est long :

1° Dans les diminutifs en αξ comme θρῖδαξ, κλῖμαξ, σμῖλαξ.

Et Crocon in parvos versum cum Smīlace flores. O.

2° Dans les oxytons en λος, comme χιλός, ψιλός ; dans πῖλος, χίλιοι et dérivés, Χίλων, ῒλη, σμίλη, Μίλητος, Μιλήσιος (l' ι de Μίλων est flottant).

Nec Mīletus erat vellere digna tuo. Mart.

3° Dans la plupart des oxytons en μός, comme λιμός, σιμός, φιμός et leurs dérivés, Σῖμος (nom propre), φιμώδης (mais Σιμων, Σιμωνίδης ont l'ι bref), dans Βριμώ, δριμύς, ἵμερος, ἱμάτιον.

Virgineum Brīmo composuisse latus. Prop.

4° Dans la plupart des dissyllabes barytons et dans quelques oxytons en νος : δῖνος, Νῖνος, πρῖνος, σχῖνος, ῥινός (génitif de ῥίς) ; excepté πίνος (saleté) et Λίνος.

Delicias Nīni vos redolete, nurus. M[1].
Et pueri nasum rhīnocerotis habent. M.

5° Dans les formes féminines en σα, comme Κρῖσα, Νῖσα, Πῖσα.

Aut Alphæa rotis prælabi flumina Pīsæ. V.

6° Dans quelques dissyllables en ιτος, comme σῖτος, Μῖτος, Τρῖτος (fleuve) et ses dérivés Τρίτων, Τριτογένεια ; mais l'ι est bref dans τρίτος (le troisième) et μίτος (fil).

Nec dubiis ea signa dedit Trītonia monstris. V.

7° Dans la plupart des neutres en ος, comme σῖνος, πνῖγος, νῖκος, κλῖτος, μῖσος, λῖπος. Cependant tous les poètes employaient λίπος avec ι bref.

8° Dans les verbes barytons après deux consonnes comme θλίβω, πνίγω, τρίβω ; dans νίφω (mais les dérivés sont brefs : νιφάδες, νιφόεις, etc.).

9° Dans la plupart des verbes contractes qui sont formés avec des radicaux où l'ι est long : διφάω, νικάω, σιγάω, τιμάω, βινέω, δινέω, κινέω, μιμέομαι, μισέω, πιλέω, ῥιγόω, φιμόω (ceux qui sont formés avec des racines brèves sont brefs : ἀδικέω, φιλέω, χλιδάω).

10° Quand il est initial devant un ν : Ἴναχος, ἶνις, Ἴνωπος.

Ecce autem Inachiis sese referebat ab Argis. V.

11° Lorsqu'il y a un ι ou un υ dans la syllabe suivante : ἶβις, Ἴλιος, Ἴβυκος, ἶλυς, ἰθύς.

Illius ambages imitatus in Ibide dicar. O.
Nescio quid majus nascitur Iliade. Prop.

---

1. XIV, 59 ; mais Ovide et Lucain ont employé *Ninus* avec *i* bref.

12° Dans les mots où il y a eu contraction comme Δίφιλος, ἱρεύς.

Protegenes aliquis vel Dīphilus, aut Erimarchus. Juv.

13° Dans τίμη, νίκη, Ἴδη, γρῖφος, Ἴκαρος, κριθή, χῖκυς, ῥιπή, Σικελία, Τιτάν, Τιθωνός, Τιρύνθιος, Σιδώνιος et Σιδόνιος.

Sīcelides Musæ, paulo majora canamus. V.
Tīthoni croceum linquens Aurora cubile. V.
Et ceromatico fert nicētería collo. Juv.
Ipsa suis manibus quondam Sīdōnia Dido. V.
Sīdŏnio fulget sublimis in ostro. O.

L'ι est bref :

1° Dans les adjectifs trisyllabes en ρος : βριαρός, λιπαρός, ἱερός.

Ignifluisque gemit Lipare fumosa cavernis. Claud.

2° Devant un τ : ἰταμός, Ἰταλός[1].

Ingruit Æneas Italis et prælia miscet. V.
Prosiliit, Ityosque caput Philomela cruentum. O.
Sum patria ex Ithaca, comes infelicis Ulixi. V.

3° Dans les composés avec δίς, τρίς, ἀρι, ἐρι (excepté διθύραμβος dont l'étymologie est obscure) : διθάλασσος, τρίπηγυς, ἀρίδηλος, ἐρίτιμος.

4° Dans les composés avec une racine verbale : λιποναύτης ;

5° Dans les verbes en σσω : τινάσσω.

6° Dans la plupart des verbes où l'ι se trouve devant une voyelle : διώκω, πιέζω.

L'ι se prononçait bref devant deux consonnes : ἴσχω, ἱστίον.

---

1. Par licence, les poètes employaient aussi *Italus*, *Italia* avec *i* long.

Υ

I. Devant une voyelle.

L'υ est en général bref.

L'υ est long :

1° Dans πῦος, μνών -ῶνος, μύελος, πύελος, κυάνεος, ὑαλοείς (mais l'υ reste bref quand le vers le permet, comme dans κυανοβλέφαρος ,κυανόπρωρος) et les poètes attiques font l'υ bref dans πύελος, τύελος.

Transeat instabiles trenua Cȳaneas. O.

2° Dans certains verbes en υω (voir ci-dessus, p. 105).

3° Dans 'Ενυώ, 'Ενυάλιος.

Ne te decipiat ratibus navalis Enȳo. Mart.

II. Devant une consonne.

Au milieu des mots,

L'υ est long:

1° Dans quelques formes en υγύ : ὀλολυγή ; dans Λαιστρυγών.

Fingentem immanes Læstrȳgonas atque Cyclopas. Juv.

2° Dans les adverbes en υδον : βοτρυδόν.

3° Dans les trisyllabes en υνη : αἰσχύνη, εὐθύνη, ἄμυνα.

4° Dans les polysyllabes en υνος : Βιθυνός, εὔθυνος, βόθυνος, κίνδυνος, Πάχυνον.

Donec Bithȳno libeat vigilare tyranno. Juv.
Præstat Trinacrii metas lustrare Pachȳni. V.

5° Dans les féminins proparoxytons en υρα : ἄγκυρα, γέφυρα, ὄλυρα, κόλλυρα, Κέρκυρα (mais il est bref dans les paroxytons comme πορφύρα, λύρα, θύρα).

Corcȳræ secreta petit. Luc.
De Corcȳræa temetum duxerat urna. Juv.

6° Dans quelques noms propres devant le σ : Ἄμφρυσος, Διόνυσος, Καμβύσης.

Pastor ab Amphrȳso. V.
Tune, Syri, Damæ aut Dionȳsi filius audes? H.
Cambȳses longi populos pervenit ad ævi. Luc.

7° Dans les noms en υτης : πρεσβύτης, Ἀρχύτας.

Me creat Archȳtæ soboles Babylonius Horops. Prop.

8° Dans les trisyllabes en υτος dont l'antépénultième est longue : Βηρυτός[1], κωκυτός; γωρυτός.

Cocȳtusque sinu labens circumfluit atro. V.
Corȳtique leves humeris, et letifer arcus. V.

9° Dans Ἄβυδος, βομβύκη, ψιμύθιον, ἀμύμων, κέλυφος, οἰζυρός, πάπυρος, λάφυρον, πίτυρον.

Pontus et ostriferi fauces tentantur Abȳdi. V.
Conseritur bibula Memphitis cymba papȳro. L.

L'υ est bref :

1° Dans les noms en υκος : Ἄμυκος, Ἴβυκος, Κώρυκος, Λίβυκος.

Nunc Amy̆ci casum gemit et crudelia secum
Fata Ly̆ci. V.
Iby̆cus ut periit, vindex fuit altivolans grus. Aus.
Cory̆cium vidisse senem. V.

2° Dans les noms en υλη : ἀρβύλη, κοτύλη, σταφύλη;

Post hunc in coty̆la rasa selibra data est. M.

3° Dans les féminins en υλις et les masculins en υλος : Θεστυλίς, Αἴσχυλος, δάκτυλος, κάμπυλος.

Illos abducere Thesty̆lis orat. V.
Quid Sophocles et Thespis et Æschy̆lus utile ferrent. H.

---

1. Avienus a fait y̆ (Descr. terr. 1080).

4° Dans les trissyllabes en υμος : δίδυμος, ἔτυμος.

Plus habuit Didy̆mus, plus Philomelus habet. M.

5° Dans les noms où υνη, υνος qui sont précédés d'un σ : δεσποσύνη, πίσυνος.

In quo tonanti sancta Mnemosy̆ne Jovi. Ph.

6° Dans les noms en υρος : ἄργυρος, μάρτυρος (excepté quelques neutres en υρον : λάφυρον, πίτυρον).

7° Dans les adjectifs en υρος dont l'antépénultième est brève : λιγυρός, ὀχυρός, Ζέφυρος, Σάτυρος (mais l'υ est long, si l'antépénultième est longue : ἰσχυρός) ;

Mulcebant zephy̆ri natos sine semine flores. O.
Ecce leves saty̆ri. O.

8° Dans les mots en υσιος : Ἠλύσιος, Ἰηλύσιος.

Quamvis Ely̆sios miretur Græcia campos. V.

9° Dans les féminins en υτης : ταχύτης, βραδύτης ;

10° Dans les mots en υφος, υχος, υχον : ἄργυφος, ἥσυχος, βόστρυχον.

11° Dans les mots en υτος, comme Εὔρυτος.

At puer Amphissos, namque hoc avus Eury̆tus illi. O.

Au commencement des mots.

L'υ est long :

1° Dans les dissyllabes oxytons en γη, comme πυγή, (excepté dans ceux qui dérivent de racines verbales, comme φυγή, τρύγη).

2° Dans la plupart des dissyllabes neutres en υλον, comme φῦλον, σκῦλον, σῦλον (excepté ξύλον).
Dans στῦλος, ὕλη.

3° Dans les dissyllabes oxytons en υλος : χυλός.

4° Dans les dissyllabes paroxytons en υμη : λύμη, ζύμη.

Frigoribus caules et veri cȳmata misit. Col.

5° Dans la plupart des neutres en υμα : λῦμα, κῦμα, θῦμα.

6° Dans les dissyllabes oxytons en υμος : δρυμός, θυμός, κρυμός, ῥυμός.

7° Dans les dissyllabes féminins en υνη : Βύνη, Φρύνη ; excepté γυνή.

Phrȳne tam multis facta beata viris. Prop.

8° Dans les dissyllabes masculins en υνος : Γρυνός, Θυνός, ξυνός.

His tibi Grȳnei nemoris dicatur origo. V.

9° Dans les neutres en ος : κῦδος, σκῦτος, τρῦχος, ψῦχος (excepté ceux qui sont formés de racines verbales : μύσος, στύγος).

10° Dans un certain nombre de dissyllabes en υρος : πυρός, τυρός, γυρός, Σκῦρος, Κῦρος, Μυρώ, Τυρώ (mais l'υ est bref dans Τύρος, ville, et Σύρος, Συρία).

Arva super Cȳri Chaldæique ultima regni. Luc.
Vobiscum candida Tȳro. Prop.

11° Dans la plupart des verbes barytons, comme βρύχω, πύθω, τρύγω, φρύγω, ψύχω (excepté γλύφω).

12° Dans les verbes contractes formés avec des radicaux où l'υ est long, comme βρυχάω, μυκάω, συλάω, φυσιάω, λυπέω, μυθέομαι, γυρόω, κυρόω.

13° Dans χρυσός, ψυχή, λύπη, θύλακος, Λυδός, Μυσός, Στρυμών, σύριγξ, μύριος, Τυδεύς, σῦκον.

Inventus, Chrȳsippe, tui finitor acervi. Pers.
Lȳdorumque manus, collectos armat agrestes. V.
Mȳsiaque et gelido tellus perfusa Caico. Luc.

Deserti ad Strȳmonis undam. V.
Tȳdides multa vastabat cæde cruentus. V.

L'υ est bref :

1° Dans les dérivés de monosyllabes en υς : μυοκτόνος, συβώτης, ὑφορβός ;

2° Dans un certain nombre de mots, devant le κ : γλυκύς, λύκος, τύκος, κύκλος.

Non quia desperes invicti membra Glȳconis. H.

3° Dans les mots composés avec πυρ : πυράγρα, πυράκανθα, Πυράκμων.

Impetus ire fuit, clausit sua tecta Pȳreneus. O.
Tritaque in annoso flava pȳrethra mero. O.

Mais il est long dans πυραμίς, Πύραμος, Πύρασος, Πυροκλῆς et commun dans Πυρήνη[1], Πυραίχμης.

Barbara pȳramidum sileat miracula Memphis. M.
Pȳramus et Thisbe, juvenum pulcherrimus alter. O.
Pȳrene celsa nimbosi verticis arce. SIL.

4° Dans les mots composés avec δυς, συν et ὑπό : δυσώνυμος, σύνοδος, Ὕπανις, Ὕπαιπα.

Ne Martinus eat, sȳnodi nisi pace recepta. FORT.
Saxosumque sonans Hȳpanis. V.

5° Dans τύχη, μύλαξ, μύλη, σκύφος.

Et sacer implevit dextram scȳphus : ocius omnes. V.

6° Dans ὑμήν, ὑμέναιος, Ὑμηττός, Ὑριεύς.

Vulgas Hȳmen, Hȳmenæe, vocant ; fugit ille vocantes. O.
Sperne cibum vilem, nisi Hȳmettia mella Falerno. H.
Forte senex Hȳrieus, angusti cultor agelli. O.

1. L'*y* est long dans *Pȳrene* chez Lucain et Ausone (Epist. 24, 87), bref chez Tibulle, Ausone (Mos. 441) ; Avien. (Or. mar. 559, 562) ; de même dans *Pyræneus*, l'*y* est long chez Juvénal, Silius, Ausone, Claudien, bref chez Lucain, Avienus, Prudence.

L'υ se prononçait bref devant deux consonnes : ὕϐρις, ὕπνος.

V. ADVERBES, PRÉPOSITIONS, CONJONCTIONS.

L'α final est bref en général : δέκα, δώδεκα, ἐννεα, — τάχα, μίγδα, — ἡνίκα, διά, κατά, ἅμα, etc.

Il est long dans les datifs employés adverbialement : ἰδίᾳ, δημοσίᾳ et les formes doriennes λάθρα, κρυφᾶ, παντᾶ, ἁμᾶ.

αν est bref dans ἄν, ὅταν, ὁπόταν, long dans ἄγαν, λίαν, πέραν.

αρ est bref dans γαρ, ἄφαρ, εἶθαρ, αὐτάρ (les Épiques allongent souvent γὰρ devant οἷ et mots semblables).

ας est bref : αγκάς, ἀνδρακάς, πέλας.

L'ι est bref : ἀντι, ἐπί, περί, ἐνί, προτί, — ἔτι, οὐχί, ἶφι, — πολλάκι, μέχρι, — νόσφι, πάλι, — οἴκοθι, Κορινθοθί, κεῖθι, — Δωριστί, ὀνομαστί.

Il est long dans δευρί, νυνί et les adverbes dérivés d'adjectifs : ἀσταντί, ἀνωϊστί.

ις et ιν sont bref : τρίς, δίς, μέχρις, ἅλις, — νόσφιν, πάλιν.

L'υ est bref : μεταξύ.

υς et υν sont brefs : ἐγγύς, εὐθύς, — σύν, les enclitiques τοίνυν et νυν; mais l'υ est long dans νῦν (maintenant).

NOTE

SUR LES SYLLABES COMMUNES

On ne sait pas bien quel était l'usage pour les différents mots. D'abord il a dû varier. Ensuite les exemples ne sont pas toujours assez nombreux; c'est peut-être un hasard si l'on ne rencontre LUCR*etia* qu'avec la première syllabe longue, tandis que la première syllabe de *Lucretius* se trouve employée tantôt comme brève, tantôt comme longue.

Voici une liste[1] de syllabes communes où l'on cite les poètes[2] qui les ont employées soit comme longues soit comme brèves.

Il faut tenir compte de l'emploi plus ou moins fréquent des différents mots dans la langue, et surtout des nécessités de la versification.

acr. — ACR*edula* (Cicéron) et *ăcredula* (Auctor Phi-

1. Dans cette liste les cas obliques des noms où il y a position sont tous indiqués par le génitif; ainsi *n*IGR*i* représente *nigro*, *nigrum*, *nigris*, *nigros*, etc.

2. Voici l'explication des abréviations employées : Anthol. (Anthologie latine), Aus. (Ausone), Avien. (Avienus), Capel. (Martianus Capella), Cato (Caton le philosophe), Cic. (Cicéron), Cl. (Claudien), H. (Horace), J. (Juvénal), L. (Lucain). Lucil. (Lucilius), Lucr. (Lucrèce), M. (Martial), Manil. (Manilius), O. (Ovide), Petr. (Pétrone), Pers. (Perse), Ph. (Phèdre), Pl. (Plaute), Paul.-Nol. (Paulin de Nole), Prop. (Properce), Prud. (Prudence), Sen. (Sénèque), Ser.-Samm. (Serenus Sammonicus), Sid. (Sidoine Apollinaire), Sil. (Silius Italicus), St. (Stace), Ter. (Térence), Ter.-Maur. (Terentianus Maurus), Tib. (Tibulle), Val.-Fl. (Valerius Flaccus), V. (Virgile); — Moretum, Culex, Catal. Virg. (Poésies jointes aux œuvres de Virgile). — Les poètes antérieurs ou postérieurs à l'époque classique ne sont cités que dans les cas où les exemples manquent chez les poètes du siècle d'Auguste.

lomelæ[1]), *alăcris* (toujours), *lăcrima* (tous les poètes) et quelquefois *lACRima* (Hor.[2], Pervig. Veneris), *măcri* (Hor.) et *mACRi* (Hor. Mart.), *săcri* (Lucr. V. H. O. Manil. Avien.) et *sACRi* (Lucr. V. H. Prop. O.)

agr. — *ăgri* (Lucr. V. H. O. St.) et AGR*i* (Lucr. V. H. O. St.), *ăgrestis* (V. H. O. Tib.) et AGR*estis* (Lucr. V. H. O. Tib. Prop.) *perăgro* (Lucr.) et *per*AGRO (Lucr. Val.-Fl. Anthol.), *flăgro* (V.) et *fl*AGRO (Lucr. V. H. O. Prop. St.) *de*FLAGRO (Luc.), *flăgrum* (Plaut.) et *fl*AGR*um* (J. M.) *podăgra* (M.) et *pod*AGR*a* (Cat. V. H. O. Tib.), *Ăgrippa* (Manil.) et AGR*ippa* (V. H. J.), AGR*ippina* (J.).

atr. — *ătrox* (V. H. O. St.) plus souvent que ATR*ox* (J. Sen. Sil.), *l*ATR*are* (Lucr. V. H. O. M. Sil. St. Petr. Claud.), *l*ATR*atus* (V. O Val.-Fl.), *l*ATR*ator* (V. M.), *lătrare* (Ph.), *lătratus* (Alcimus); *lătro* (V. H.) et *l*ATRO (V. H. J.), *balătro* (H.), *pătro* (Pl. Lucr.) et *p*ATRO (Claud.), *pătris* (V. H. O. J. Luc. St. Claud.) et *p*ATR*is* (V. H. O. St.), *pătrius* (tous les poètes) et *p*ATR*ius* (Lucr. III, 9, seul ex.), *pătria* (Lucr. V. H. O.) et *p*ATR*ia* (H. O. M. *pătruus* (V. H. O. Pers.) et *p*ATR*uus* (St., Catal.-Virg.), *pătruelis* (Pl. Afranius, O. Pers.), et *p*ATR*uelis* (Prud.); *pătrimonium* (H. J.) et *p*ATR*imonium* (Cat. 29, 23, seul ex.), *pătronus* (H. M.) et *p*ATR*onus* (H. O.), *pătrocinium* (O).

adr. — *qu*ADR*a* toujours (V. H. M. Juv.), *qu*ADRO toujours (V. H. J. Prud.), *qu*ADR*ans* (H. M. J.) et rarement *quădrans* (Manil.), *qu*ADR*atus* (Lucr. H. Tib.) et rarement *quădratus* (Manil. Ter.-Maur.), *qu*ADR*ate* (Manil.); *quădrigæ* (V. Prop.) et *qu*ADR*igæ* (H. M.), *qu*ADR*ijuges* (V. O.), *qu*ADR*ifidus* (V. V.-Fl. Cl.)., *qu*ADR*ifluus* (Prud.), *qu*ADR*ilibris* (Pl.), *qu*ADR*imus* (H.), *qu*ADR*aginta* (Cat.) *qu*ADR*ageni* (Manil.), *quădrupes*

---

1. Écrivain sans autorité.

2. Od. IV, 1, 34; Epist. 1, 17. 60.

(V. Tib.) et *quADRupes* (Lucr.), *quADRupedans* (V. Sil.), *quADRuplex*, (Cic. Aus.), *Adria* ou *Hădria*(Prop. Manil.) et ADR*ia* ou *HADRia* (H. L.), *HADRiacus* (V. L.), *HADRianus* (H. M. Prud.), *HADRiaticus* (Cat. Avien.).

apr. — *ăpri* (V. H. O.), et APR*i* (Lucr. V. H. O. St.), *ăpricus* (V. H.) et APR*icus* (V. H. Pers.), *ăprilis* (H. O.) et APR*ilis* (O. Aus.), *căpri* (V.) et CAPR*i* (H. O.), *căpra* (Pl. H. O.) et CAPR*a* (V. H.), *căprea* (V. H. O. M.) et quelquefois CAPR*ea* (H.), *Căpreæ* (O. J. Claud.), CAPR*eolus* (V.), *Căpricornus* (H. O. Prop. Man.), *caprificus* (M. Pers.) et CAPR*ificus* (H.), *căprinus* (H.), CAPR*igenus* (V. Cic.), CAPR*imulgus* (Cat.), CAPR*ipès* (Lucr. H. Prop.), *Căprotinæ* (Aus.).

abr. afr. — *făbri* (Pl.) et FABR*i* (H. O. Prud.), FABR*ilis*(V. H. O.), *făbrico* (V. H. O.) et rarement FABR*ico* (Anthol.), *făbrica* (Lucr. Cic.) et chez les poètes ecclésiastiques FABR*ica* (Prud. Paul.-Nol.), *făbricator* (Lucr. V.), *lăbra* (Pl. Ter. Lucr. H. St.) et *l*ABR*a* (Lucr V. H. O. J. M.), — *glăbri* [1] (Pl. Cat. M.), *scăbri* (Pacuv.) et ordinairement *sc*ABR*i* [2] (V. H. O.), *Cantăbri* (H.) et *Cant*ABR*icus* (H.), *F*ABR*ateria* (J. Sil.), *F*ABR*icius* (V. H. M.), *văfri* (Pomponius) et ordinairement *v*AFR*i* (H. O. M.)

apl. — *ăplustre* (Lucr. Cic. Rutil.) et APL*ustre* (Lucr. L. Sil.).

ecr. egr. — *consĕcro* (H. Prud.) et *cons*ECR*o* (Sen. Prud.), *des*ECR*o* (St.), *obsĕcro* (Pl. Ter. H. V.-Fl.), *resĕcro* (Pl.), *intĕgro* (V.) et *int*EGR*o* (Lucr. St.), *intĕgri* (Lucr. Cat. H.) et *int*EGR*i* (Lucr. H. V.), *perĕgre* (Pl. Ter. H. M.) et *per*EGR*e* (H.), *perĕgrinus* (H. O.) et *per*EGR*inus* (H. O. J.).

---

1. Lucrèce, Virgile, Horace, Ovide ne fournissent aucun exemple de ce mot.

2. Les poètes dactyliques font toujours la syllabe longue pour éviter le sigmatisme.

etr. — *tĕtricus* (V. O. M. Cl.) et *tETRicus* (Sen.), *tETRicitas* (Carm. ad Pis.) *pĕtra* (St. Sen. Prud.) et moins souvent *pETRa* (L. Sen.), *Pĕtrus* (Prud. Sid.) et PETRus (Fortunat); PETRInus (H.) *impĕtro* (H. Ph.) et *impETRO* (Prop. St.), *penĕtro* (Lucr. V. O. St.) et quelquefois *penETRO* (Lucr.), *penĕtralis* (Lucr. V. O.) et *penETRalis* (Cat.), *penĕtrale, -alia* (V. H. O. M. St.); *Triquĕtra* (Sil. Aus.) et *TriquETRa* (Lucr. H.), *excĕtra* (Pl. Cic), *ferĕtrum* (V. O. Sil.) et *ferETRum* (V. Sil. Grat.) *obstĕtrix* (Pl. H.) et rarement *obstETRix* (Alcim.), *merĕtrix* (H. O.) et quelquefois *merETRix* (H.), *Etruria, Etruscus,* (V. H. M.) et ETRuria, ETRuscus (V. H. O.), *pharĕtra* (V. O. Prop.) et *pharETRa* (V. H. O) Prop.), *pharETRatus* (H.) *tĕtrarcha* (H) et *tETRarcha* (L.), *cĕdrus* (H.) et *cEDRus* (V. Pers.).

epr. ebr. — *lĕpra* (Prud.) et *lEPRa* (Juvencus, Sedulius), *vĕpres* (H.) et *vEPRes* (Lucr. V. O. St.) ; — *celĕbris,* (tous les poètes) et rarement *celEBRis* (Aus.) *celĕbro* (tous les poètes) et quelquefois *celEBRO* (O. Trist. IV, 4, 18 et 10, 12; Paul.-Nol.), *concelĕbro* (Lucr. Lucil. O.) et rarement *concelEBRO* (Avien. Prud.), *terĕbro* (Lucr. V. Pers.) et *terEBRO* (O. Prud.), *cerĕbrum* (Lucr. V. H. Ph.) et *cerEBRum* (V. H.), *cerEBRosus* (H.) *fĕbris* (Pl.) et *fEBRis* (Lucr. V. H.), *fĕbruus* (Anthol.) et *fEBRuus* (O.), *muliĕbris* (Ter. Ph.) et *muliEBRis* (Lucr. V. H.) *muliEBRiter* (H.), *funĕbris* (H.) et *funEBRis* (O.), *illecĕbræ,* (Pl. V. H. Aus.), *latĕbra* (Lucr. V. H. O. L.) et *latEBRa* (Lucr. V. O. L.), *scatĕbra* (V. Prud.); *palpĕbra* (Varron) et *palpEBRa* (Lucr. Prud.), *salĕbra* (H. O. M.) et *salEBRa* (Prop.), *tenĕbræ* (Lucr. V. O. St. J. L.) et *tenEBRæ* (Lucr. H. V. L. J.).

re en composition. — *rĕcrepo* (Cat., Ciris, Laud. Philom.), *rĕcrudesco* (Sen. Prud.) *rĕcreo* (Lucr. H.), *rĕcresco* (Lucr. O.), *rĕgredior* (Pl.) et *REGRedior* (Alcim.-Avitus), *rĕgressus* (V. St.) et *REGRessus* (O.), *rĕtro* (Lucr. V. H.) et *RETRO* (Lucr. V. H. O.), *rĕtraho*

(Lucr. Cat. V. H. O.) et RETR*actus* (Lucr. v, 481; Hor. A. P. 468), *rĕtribuo* (Paul.-Nol.) et RETR*ibuo* (Lucr.), *rĕprendo* (H.) et peut-être REPR*endo* (Lucr.), *rĕfringo* (H.) et REFR*actus* (Lucr. IV, 441), *rĕfreno* (Lucr. O.) et REFR*eno* (Lucr. H.), *rĕfrigesco* (O.) et REFR*igesco* (Lucr.), *rĕclamo* (V. St. V.-Fl.) et RECL*amo* (Lucr.), *rĕclinis* (St. M.) et RECL*inis* (Sil. V.-Fl.), *rĕclino*(Cic. V. H.) et RECL*ino* (St.). *rĕcludo* (V. H. O.) et RECL*udo* (O. St.), *rĕclusus* (Lucr. H. O.) et RECL*usus* (Lucr. III, 367), *rĕpleo* (Lucr. V. O. St. Sen.) et REPL*eo* (Lucr. V. M.), *rĕplico* (Seren.-Sammon. Prud. Aus.), *rĕflecto* (Cat. V. O. V.-Fl.) et REFL*ecto* (Lucr. Sil.(, *rĕfloresco* (Paul.-Nol.) et REFL*oresco* (Sil.).

icr. igr. — *ludĭcrus* (Cat. H.) et *ludi*CR*us* (V.); *mĭgro* (Ter. Manil.) et *mi*GR*o* (Lucr. V. H.) *admĭgro* (Pl. seul cité), *commĭgro* (Ter. seul cité), *demĭgro* (Pl.) et *demi*GR*o* (St.), *emĭgro* (Pl) et *emi*GR*o* (St. Cato); *nĭgri* (H.) et *ni*GR*i* (Lucr. V. H. O. Tib. St. J. M.), *nĭgro* (V. St.) et *ni*GR*o* (Lucr. V. O. Cl. St.), *ni*GR*esco* (V. O. M. Cl.), *nĭgror* (Lucil.) et *ni*GR*or* (Lucr.); *pi*GR*i* (Lucr. V. H. O. Tib. Avien,), *impi*GR*i* (Lucr,) *pi*GR*o* (Lucr.), *pĭgresco* (Fortunat) et *pi*GR*esco* (Prud. Sid. Alcim.), *pi*GR*itia* (M.), *pi*GR*or* (Lucil); — *tĭgris* (Petr. Manil.) et ordinairement *ti*GR*is* (V. O. J.).

itr. — *cĭtrum* (M.) et *ci*TR*um* (M.), *ci*TR*us* (Varro, L.), *cĭtreus* (Pers.); *nĭtrum* (Seren.-Samm.) et *ni*TR*um* (V. O.); *vĭtrum* (H. Sid.) et *vi*TR*um* (Lucr. Prop. M.); *vĭtreus* (V. H. O. M.) et *vi*TR*eus* (H. Pers. *calcĭtro* (O.), *recalcĭtro* (H.); *tonĭtru* (Lucr. V. O.) et *toni*TR*u* (O. J.); *genĭtrix* ou *genĕtrix* (Lucr. V. H. O. J.); *admonĭtrix* (Pl); *ci*TR*a* (H. O. St.), *ci*TR*o* (Lucr.); *mĭtra* (Prud.) et ordinairement *mi*TR*a* (V. O. Prop. St. Sen. V.-Fl. Cl.).

ipr. ibr. — *recĭprocus* (Att. Sen.) et *reci*PR*ocus* (V.-Fl. Sil.), *reci*PR*oco* (Enn. Sil.); *vĭbro* (Cat. O.) et plus souvent *vi*BR*o* (Lucr. V. O. L. St. Sil. V.-Fl.);

fĭbra (Sen. Man.) et ordinairement *f*IBR*a* (V. O. L. Pers.) ; *lĭbri* (Varron, H.) et plus souvent *l*IBR*i* (H. O. Prop.); *lĭbrarius* (Cat.) et *l*IBR*arius* (H. J. M.), *de*LIBOR (Lucr.), CRIBR*um* (Pl. O. Pers. Moretum) ; *ludĭbrium* (Lucr. H. Cl.) et *lud*IBR*ium* (Lucr. V. M.), *Mulcĭbri* (Cic.)

icl. ipl. ifl. — *tr*ICL*inium* (Lucil. M. Man.), *trĭplex* (Lucr. V. H. O.) et *t*RIPL*ex* (Lucr. Fortunat), *trĭplus* (Avien.) ; *multĭplex* (V. O.) et *mult*IPL*ex* (Lucr.), *multi*PLIC*o* (O. St. Paul.-Nol) ; *discĭplina* (Pl. Ter. Prud. Paul.-Nol.) et rarement *disc*IPL*ina* (Aus. Sid.) ; *cın*I-FL*o* (H.).

ocr. — *ŏcrea* (V. J. Moretum), *ŏcreatus* (H.) ; *sŏcrus* (Ter.) et SOCR*us* (O. J.) ; *C*ODR*us* (V. H. M. J.).

opr. obr. — *prŏprius* (V. H. O.) et *pr*OPR*ius* (Auctor Æthnæ, German.), *prŏprie* (Cat. H.), *pr*OPR*ietas* (Auctor Æthnæ, Ter.-Maur.), *pr*OPR*itim* (Lucr.) ; *prŏbrum* (Cat.) et *pr*OBR*um* (H. O.), *prŏbrosus* (H.) et *pro*BR*osus* (Sid.) ; *exprŏbro* (Pl.) et *expr*OBR*o* (O. Prud.); *opprŏbrium* (H. O. Prop.) et *oppr*OBR*ium* (Cat. H. O.), *cons*OBR*inus* (Aus.).

ocl. opl. — *Cŏcles* (Cl.) et ordinairement C*o*CL*es* (Pl[1]. V. Prop. O. M.), *pŏples* (Lucr.) et ordinairement *p*OPL*es* (V. H. O. L.) ; *cŏchlea* (H. M.) et COCHL*ea* (St. M.), *cŏchleare* (M.) ; *trŏchlea* (Lucr.).

ucr. — *lŭcrum* (H. O. St. M. Man.) et *l*UCR*um* (Lucr. H. O. Tib. L. Sen.), *volŭcris* (Cic. Lucr. V. H. O. Tib.) et *vol*UCR*is* (Lucr. V. O. L. Sil.) ; *Lŭcretius* (O. St. Sen.) et rarement *L*UCR*etius* (O. Trist. II, 425) ; *L*UCR*etia* (O. M. J. Cl.) ; *Lŭcrinus* (H. M.) et *L*UCR*inus* (V. H. Prop. St.).

utr. — *ŭtris* (Capella) et ordinairement UTR*is* (V. H. O.) ; *ŭtrius* (Lucr. H. O.) et UTR*ius* (Lucr. H.),

---

1. Plaute, *Curc.* III, 1, 23. Au lieu de *C*OCL*itum*, Ribbeck a conjecturé *Coculitum*.

pŭtris (Lucr. V. H.) et *puTRis* (Lucr. H. O. Prop. J. M. L.), *pŭtridus* (Pl.) et *puTRidus* (Cl.), *pŭtreo* (Att.), *puTReo* (H.), *pŭtrefacio* (O. Prud.) et *puTRefacio* (Pl. Lucr.), *pŭtresco* (Amœnus) et *puTResco* (Lucr. H.) ; *rŭtrum* (Pomponius) et *ruTRum* (O.) ; *scŭtra* (Pl. Cæcil.)

upr. ubr. — *sŭpra* (Lucr. Tib. V. Æn. VII, 32) et plus souvent *suPRa* (V. H. M.) ; *sŭpremus* (Lucr. V. O.) et *suPRemus* (V. H. O. Tib. M.) ; *stŭprum* (H. Sen.) et *stuPRum* (O.) ; *cŭpressus* (V. O. L. St. Cl.) et rarement *cuPRessus* (Cat.) ; *rŭbri* (Lucr. IV, 402) et *ruBRi* (Lucr. V. H. O. Prop. L. J. M. St. V.-Fl. Sil. Sen.) ; *ruBRica* (Pl. H. Pers. Prud.) ; *lucuBRo* (Ph. M.) ; *lugŭbris* (H.) et *luguBRis* (Lucr. V. H. O. Prop. Sil.) ; *coluBRi* (Lucr. V. O. Colum.), *colŭbra* (Ph.) et *coluBRa* (H.), *colŭbrinus* (Pl.), *coluBRifer* (O. L.) ; *manŭbrium* (Pl.) et ordinairement *manuBRium* (Pl. J.) ; *Ulŭbræ* (H.) et *UluBRæ* (J.) ; *InsuBRes* (Anthol.).

ucl. upl. — *nŭcleus* (M.) ; *locŭples* (H. M. Pers.) et quelquefois *locuPLes* (H. M.) ; *dŭplex* (V. H. O. V.-Fl.) et *duPLex* (Lucr. H.), *duPLiciter* (Lucr. Ter.-Maur.), *dŭplico* (Lucr. V. M. St.) et *duPLico* (V.), *condŭplico* (Lucr. Ter.), *quadrŭplor* (Pl.), *quadrŭplex* (Cic. Aus.), *centŭplex* (Prud.) et *centuPLex* (Pl.? Juvencus), *centŭplico* (Prud. Juvencus).

N. B. On a compris dans cette liste certains mots dans lesquels la syllabe, au lieu d'être commune, était peut-être longue par nature, par exemple *rubrica*. Mais la quantité de la voyelle suivie de deux consonnes, pour les syllabes qui ne se trouvent que longues dans les poètes, est toujours difficile à déterminer.

NOTE

SUR L'EMPLOI DES MOTS ΘΕΣΕΙ, *POSITIONE*

EN PROSODIE[1].

On sait que, suivant les grammairiens grecs, une syllabe est μακρὰ φύσει, quand elle a une voyelle longue ou une diphtongue, comme la seconde syllabe de ἔξω ou la première de Μοῦσα, et ils disaient[2] que les syllabes deviennent μακραὶ θέσει quand, entre une voyelle brève et la voyelle de la syllabe suivante, il se trouve plusieurs consonnes, comme quand une syllabe se termine par deux consonnes, par exemple ἅλς, ἕξ, ou que les deux consonnes commencent la syllabe suivante, par exemple Ἕκτωρ δ' ἐν κλισίῃσιν, ἔ-ξω, ou que des deux consonnes l'une finit la première syllabe et l'autre commence la seconde, par exemple ἄλ-λος. Un compilateur latin du quatrième siècle, Marius Victorinus, a lu dans les auteurs ou dans l'auteur où il a puisé que la considération de cette sorte de syllabes était due à ceux qui avaient écrit sur la musique[3]. Cette assertion est confirmée par les scholies d'Hé-

---

1. Cette dissertation a été publiée dans la *Revue de philologie* (tome IV, janvier 1880).

2. Héphestion (*Scriptores metrici Graeci* Westphal 3, 16) : Θέσει μακραὶ γίνονται, ὅταν βραχέος ὄντος ἢ βραχυνομένου φωνήεντος σύμφωνα πίπτῃ μεταξὺ αὐτοῦ τε καὶ τοῦ τῆς ἑξῆς συλλαβῆς φωνήεντος πλείονα ἑνὸς ἁπλοῦ ἢ ἓν διπλοῦν. Γίνεται δὲ τοῦτο καὶ ἀεὶ ῥᾳδίως κατὰ πέντε τρόπους.

3. Voir le texte plus loin, p. 135.

phestion. Nous y lisons[1] que ceux qui s'occupaient de rhythmique, de la théorie de la mesure, comptaient une consonne pour un demi-temps[2]. Les grammairiens avaient emprunté cette considération. Quand, dans un vers, une brève était suivie de deux consonnes, comme dans Ἕκτωρ, chacune des consonnes, comptant pour un demi-temps, le mot commençait par un temps, ε, suivi de deux demi-temps, κ et τ, par conséquent par deux temps, et c'est ainsi que Ἕκτωρ faisait un spondée[3]. Mais les grammairiens ne suivaient pas au delà les rhythmiciens. Ils ne reconnaissaient dans les vers que des syllabes d'un ou de deux temps[4], et n'admettaient pas d'autre évaluation de la durée de la syllabe. Ainsi ὡς, qui, pour un rhythmicien, avait deux temps et demi, n'en avait que deux pour un grammairien; la première syllabe de Λῆμνος qui avait trois temps pour un rhythmicien, n'en avait que deux pour un grammairien.

Quant aux termes φύσει, θέσει, Boeckh[5] a vu, il y a longtemps, qu'ils étaient empruntés à la philosophie postérieure à Aristote. On discutait dans les écoles la

---

1. *Scriptores metrici* etc. 93, 8 : τὴν ΩΣ οἱ γραμματικοὶ λέγουσι δύο χρόνων εἶναι, οἱ δὲ ῥυθμικοὶ δύο ἡμισεος· δύο μὲν τοῦ Ω μακροῦ, ἡμίχρονον δὲ τὸ Σ· πᾶν γὰρ σύμφωνον λέγεται ἔχειν ἡμιχρόνιον.

2. M L. Havet a proposé (*Mémoires de la Société de linguistique de Paris*, tome IV, fascicule I, 1879) une hypothèse ingénieuse pour expliquer la quantité par position. Suivant lui ce ne sont pas les consonnes qui ont de la durée, c'est la pause qui sépare les syllabes naturelles. La première partie ou syllabe conventionnelle du mot Ἕκτωρ était longue, parce qu'on prononçait Ἕκ-τωρ avec une pause intermédiaire entre le κ et le τ. La première partie des mots comme πατρός pouvait être employée à volonté comme brève ou comme longue, parce que dans cette condition d'une voyelle brève devant une muette suivie d'une liquide on prononçait tantôt πα-τρός, tantôt πατ-ρός.

3. Scholiaste de Denys le Thrace (Bekker, *Anecdota Graeca*), 823, 23-26 : ἡ βραχεῖα ἕνα χρόνον ἔχει καὶ ἕκαστον τῶν συμφώνων ἡμιχρόνιον, ὥστε ταῦτα συνερχόμενα ἀποτελεῖν δύο χρόνους. 833, 11 : σύμφωνα τὰ ἐπιφερόμενα τῇ προκειμένῃ βραχείᾳ διὰ τῆς αὐτῶν ἐπιφορᾶς χρόνον χαρίζονται.

4. *Scriptores* etc. 98, 20 : ὁ μετρικὸς λόγος οὔτε ἥσσονα μονοχρόνου οἶδεν οὔτε μείζονα διχρόνου. Cf. Scoliaste de Denis, 821, 25-30, dont le texte semble gâté.

5. Buttmann, *Ausführliche Griechische Grammatik*, 1, 33, note.

question, déjà agitée anciennement[1], si les noms ont été imposés aux choses par suite d'une inspiration naturelle et conformément à la nature des choses, φύσει, ou par suite d'une fantaisie arbitraire, d'une *institution* libre et volontaire, sans aucun rapport avec les choses, θέσει[2]. Par analogie, on a appelé en prosodie longue φύσει, une syllabe qui est telle en quelque sorte par elle-même, et longue θέσει, une syllabe qui est constituée artificiellement, au moins en la plupart des cas, par l'adjonction de consonnes qui n'appartiennent pas à la syllabe qui a la voyelle brève[3], comme dans ἕ-ξω, Ἕ-κτωρ. On ne tenait pas compte des syllabes finales en ξ, comme αὖλαξ, ἧλιξ, νύξ, où la voyelle est brève et où les consonnes, représentées par le ξ, appartiennent certainement à la même syllabe que la voyelle brève.

Buttmann a pensé que θέσει avait fini par signifier *par position*, par la *position* de la voyelle et des consonnes voisines[4]. Mais les scholies d'Héphestion, qui représentent la tradition byzantine, montrent que ce terme avait toujours conservé son acception primitive. Il y est dit[5] qu'une syllabe n'*est* longue que φύσει, mais qu'elle *devient* longue θέσει, que γίγνεσθαι

---

1. Voir le *Cratyle* de Platon.

2. Voir Sextus Empiricus, *Adversus mathematicos*, I, 142 et suiv. (Bekker 632, 6 et suiv.), et Aulu-Gelle X, 4. — Platon dit νόμῳ, par exemple (*Cratyle* 384 D) et Aristote emploie le même terme dans les oppositions analogues (voir l'index de Bonitz). Après Aristote on a dit θέσει. Platon exprime l'idée sous une autre forme en disant (*Crat.* 384 D) : οὐ δύναμαι πεισθῆναι ὡς ἄλλη τις ὀρθότης ὀνόματος ἤ ξυνθήκη καὶ ὁμολογία, et Aristote dit de même (*De interpr.* 2, 16 à 19, 27) φωνὴ σημαντικὴ κατὰ συνθήκην. Il dit (*Polit.* III, 9. 1280 B 10) : ὁ νόμος συνθήκη ἐγγυητὴς ἀλλήλοις τῶν δικαίων. Il oppose συνθήκη comme synonyme de νομικόν à φύσει dans *Eth. Nicom.* V, 10. 1134 B 32, 35. et 8. 1133 A 29.

3. *Scriptores* etc. 98, 12. Θέσει δὲ καλοῦσι μακρὰς οἱ γραμματικοὶ τὰς γινομένας ἐκ τῆς τῶν συμφώνων ἐπιπλοκῆς

4. *Ausführliche Griechische Grammatick*, I, 33, note.

5. *Scriptores* etc. 100, 14. τὸ γινονται ἀντὶ τοῦ τιθένται· τίθησι γάρ τις τὸ μὴ οὕτως φύσει ἔχον.

est ici synonyme de τίθεσθαι, et que l'on n'*institue*, τίθησι, que ce qui n'*est* pas par nature. Buttmann ne cite à l'appui de son assertion que des textes de grammairiens latins[1], et nous verrons qu'en effet le sens du mot *positione* avait changé en Occident, tandis que celui de θέσει est demeuré le même en Orient.

Varron, en traitant du langage, a rendu l'antithèse φύσει, θέσει par les adjectifs *naturalis*, *voluntarius* : « declinatus verborum », dit-il, IX, 34 « et voluntarios et naturales esse puto, voluntarios quibus homines vocabula imposuerunt rebus quædam, ut ab Romulo *Roma*, ab Tibure *Tiburtes*, naturales ut ab impositis vocabulis quæ inclinantur in tempora aut in casus, ut ab Romulus *Romulo*, *Romuli*, *Romulum*, et ab dico *dicebam*, *dixeram*. »

Nous ne savons pas comment il avait exprimé cette antithèse en prosodie. Nous ne rencontrons pas les termes de *syllaba longa natura*, *positione*, avant Quintilien, à qui ils devaient être antérieurs; car il les emploie comme des termes consacrés. Il s'explique sur la longueur par position absolument comme les auteurs grecs, dont il avait certainement tiré ce qu'il dit en son IXᵉ livre sur la prosodie et la métrique (IX, 4, 86) : « In dimensione pedum, syllaba quæ est brevis, insequente vel brevi alia, quæ tamen duas primas consonantes habeat, fit longa; ut *agrestem* tenui musam... *A* brevis, *gre* brevis, faciet tamen longam priorem; dat igitur illi aliquid ex suo tempore : quomodo, nisi habet plus quam quæ brevissima, qualis ipsa esset detractis consonantibus? Nunc unum tempus accommodat priori, et unum accipit a sequente : ita duæ natura breves positione sunt temporum quatuor. » On ne voit pas dans ce passage comment il entendait l'expression *positione;* mais il suit les Grecs de si près qu'il est probable qu'il donnait à ce terme le sens que les Grecs donnaient à θέσει.

1. Encore le texte de Marius Victorinus est-il le seul qui s'y rapporte.

Après Quintilien, le premier auteur où se trouve ce terme est Aulu-Gelle. A propos de *subiicit*, il dit (IV, 17, 8) que l'*i* « vim consonantis capit, et idcirco ea syllaba productius latiusque paulo pronuntiata priorem syllabam brevem esse non patitur, sed reddit eam positu longam. » Il a entendu le mot au sens des Grecs, car il dit ailleurs (X, 4) : « Quod P. Nigidius argutissime docuit nomina non positiva[1] esse, sed naturalia. — Nomina verbaque non positu fortuito, sed quadam vi et ratione naturæ facta esse, P. Nigidius in grammaticis commentariis docet, rem sane in philosophiæ discertationibus celebrem. Quæri enim solitum apud philosophos : φύσει τὰ ὀνόματα sint ἢ θέσει. In eam rem multa argumenta dicit, cur videri possint verba esse naturalia magis quam arbitraria. »

Le terme de *positio* n'est défini dans aucune des compilations qui nous ont transmis la tradition grammaticale des Latins, si ce n'est dans celle de Marius Victorinus, où il est défini comme la *transposition* des consonnes dans la syllabe qui a la voyelle brève (2476, P. 35, 6 Keil) : « Positio autem consonantium litterarum breves syllabas secundum disciplinam legemque metricæ artis efficit longas. Nam parente natura omnis vox sub duorum accentuum sono ore mortalium promitur, producto scilicet aut correpto, ex quibus alter extenditur, alter contrahitur. Igitur cum in metris longa syllaba opus esset, ut ea quæ brevis lege naturæ prolata videbatur longa efficeretur, a principibus musicæ artis auctoribus *positio, id est duarum consonantium copulatio*, reperta atque in-

1. On ne cite que ce passage d'un auteur ancien où cet adjectif soit employé avec cette acception. Il reparait plus tard au moyen âge dans *jus positivum* opposé à *jus naturale* (S. Thomas, *summa theologica* secunda secundæ, quæst. 57, art. 2), en Français *droit positif*, *droit naturel*. Boëce dit (*in Aristotelem*, *de interpr.* prima editio, ed. Meiser 37, 22) : « horum.... quattuor » c'est-à-dire *res*, *intellectus*, *vox*, *littera* « duæ sunt naturales, duæ secundum hominum positionem. Voces namque et litteræ secundum positionem sunt, intellectus autem et res naturaliter. »

ducta est. Hæc deinceps observatio consensione poetarum legem dedit, quæ auctoritatem de vetustate temporis trahens disciplinam veluti sacrosanctæ in metris observationis ceteris sanxit. »

Je ne sais si cette définition a été imaginée par le compilateur ou tirée de la source où il a puisé. En tout cas, on voit qu'il dit que la position allonge *la syllabe;* et en général tous les grammairiens anciens disent que les syllabes *sont* (εἰσί, *sunt*) longues par nature et *deviennent* (γίγνονται, *fiunt*) longues par position; mais Marius Victorinus ne dit pas et aucun grammairien ancien, grec ou latin, ne dit que la position allonge *la voyelle.* Je n'ai pas rencontré cette manière d'exprimer la quantité par position avant le neuvième siècle. On lit dans un commentaire sur *l'ars major* de Donat, probablement composé à Auxerre, et qui nous a été conservé dans un manuscrit du neuvième siècle (Bibliothèque nationale, 7491 A) : « Positio quare dicta? a ponendo, eo quod poete abstrahant duo dimidia tempora in metro a sequentibus consonantibus, ut vocalis correpta queat esse producta habens ex se unum tempus et ex sequentibus consonantibus alterum. » On voit que le mot *positio* est défini comme dans Marius Victorinus. Dans un autre commentaire sur *l'ars major* de Donat, qui se lit dans un manuscrit du dixième siècle (Einsiedeln, 172. Hagen, *Anecdota Helvetica*, p. 226, 8) : « *Positione*, id est missione, quia ibi duas consonantes mittimus. Dicta ergo positio a ponendo, eo quod poetæ artificialiter composuerunt ut brevis vocalis quæ per se unum tempus habet, ex duabus quæ sequuntur consonantibus habeat alterum et ex correpta queat esse producta. » On voit qu'ici les deux définitions du mot *positio* sont données l'une à côté de l'autre, celle que l'on trouve dans Marius Victorinus, et celle que les Grecs donnaient à θέσει.

Depuis ce temps, il fut de tradition dans l'enseignement que la position allonge la voyelle. On lit dans Pierre Hélie, grammairien du douzième siècle[1] : « Vocalis longa positione est quando propter duas consonantes vel propter unam dupplicem producitur. » Il entend le terme de *positio*, comme Marius Victorinus[2] : « In communibus sillabis, ut *lacrime*, cum... prima sillaba naturaliter corripiatur, positione duarum consonantium que sequuntur recipit tempus dimidium, unde potest produci. »

Dans le même temps, Alexandre de Ville-Dieu dit (ch. x) :

Quando vocalem duo consona juncta sequuntur,
Aut unum duplex, producit eam positura.

et une glose (Bibl. nat., 8424, f° 16) explique ainsi le mot *positio :* « Servius : prepositio (lisez *positio*) est consonancium vel unius duplicis alicui vocali adiunctio. »

La renaissance des lettres ne changea rien à cette tradition, quoiqu'elle ait ramené à l'étude directe des grammairiens latins. Despautère dit, en 1510, comme Alexandre de Ville-Dieu (*Ars versificatoria*, II, regula prima) :

Dum postponuntur vocali consona bina
Aut duplex, longa est positu.

Il commente ainsi cette règle : « Vocalis naturaliter brevis... producitur... positione sive positu consonantium vel duplicis... Dixi... *vocalis*, quia omnis syllaba gratia vocalis quanta dicitur. »

Vossius (*de Arte grammatica*, II, 12) a des idées exactes sur la quantité par position, mais il s'exprime incorrectement quand il dit : « Potest vocalis esse natura brevis, etsi positione producatur... Potest item syllaba esse natura producta quæ positione corri-

1. Vincent de Beauvais, *Speculum*, III, 11.
2. Vincent de Beauvais, *Speculum*, III, 17.

piatur : ut *præ* in *præiret*... ε in λεκτό; natura permanet breve, sed positione fit longum. »

Port-Royal (*Méthode latine*, de la Quantité, règle IV) dit comme Despautère :

> La voyelle longue s'ordonne
> Lorsqu'après suit double consonne.

ce qui est ainsi commenté : « La voyelle est longue, lorsqu'elle est suivie de deux consonnes ou d'une consonne double qui vaut deux consonnes, ce que l'on appelle *position*[1]. »

Cette manière de rédiger la règle de la quantité par position n'a pas d'inconvénient sérieux dans l'enseignement du latin; mais en grec, si l'on croit que la voyelle est allongée, on ne comprend pas pourquoi on écrit ἔστι, ὀστοῦν par un ε et un ο, pourquoi on n'accentue pas τάξις comme πρᾶξις. C'est une raison d'en revenir à la manière de s'exprimer des anciens, et de dire que la *syllabe* et non la voyelle est longue par position ou par convention. Il me semble préférable de conserver l'ancienne expression *par position*. Non seulement elle est d'usage et s'emploie dans un grand nombre de locutions, *position romane*, *voyelle en position*, etc., qu'il serait incommode de changer, mais encore elle a, pour un terme technique, l'avantage de n'être pas significative par elle-même, et par conséquent de se prêter au sens que l'on définit. *Par convention* n'est pas exact, car la longueur de la syllabe ne reposait pas sur une convention.

---

1. Cette manière de s'exprimer est générale chez nous. Il est échappé récemment à L. Müller lui-même de dire (Rei metricae poetarum latinorum summarium, 1878) p. 74 : « Brevis *vocalis* semper producitur, quando sequuntur etc. » quoiqu'il ait dit quelques lignes plus haut : « *syllaba* etsi manet brevis, sustinet tamen vices longae, » et cela après avoir mis en titre : *De productis propter positionem vocalibus*.

FIN

TABLE DES MATIÈRES

FIN DE LA TABLE DES MATIÈRES.

3946. — Imprimerie A. Lahure, 9, rue de Fleurus, à Paris.

CLASSIQUES
LATINS

Format petit in-16, cartonnés.

(Les noms des annotateurs sont indiqués entre parenthèses

CICÉRON : *Extraits des discours* (Ragon). 2 50
— *Extraits des ouvrages de rhétorique* (Cucheval) 2 »
— *Choix de lettres* (V. Cucheval). . . . . 2 »
— *De amicitia* (E. Charles). . . . . » 40
— *De finibus libri I et II* (E. Charles) 1 50
— *De legibus liber I* (Lucien Lévy) . . . . » 75
— *De natura Deorum liber II* (Thiaucourt). . . . . . . » »
— *De re publica* (E. Charles). 1 50
— *De senectute* (E. Charles) . . . . » 40
— *De signis* (E. Thomas). 1 50
— *De suppliciis* (E. Thomas) 1 50
— *Orator* (C. Aubert). . . . . 1 »
— *In M. Antonium oratio philippica secunda* (Gantrelle). 1 »
— *In Catilinam orationes quatuor* (A. Noël) . . . . . . » 60
— *Pro Archia poeta* (E. Thomas). . . . . » 30
— *Pro lege Manilia* (A. Noël) . . . . » 30
— *Pro Ligario* (A. Noël). . . . . » 30
— *Pro Marcello* (A. Noël). . . . . » 30
— *Pro Milone* (A. Noël). . . . . » 40
— *Pro Murena* (A. Noël). . . . . » 40
— *Somnium Scipionis* (Cucheval). . . . . » 30
CORNELIUS NEPOS (A Monginot). . . . . » 90
HEUZET : *Selectæ e profanis scriptoribus* (Lemaire). . . 1 75
JOUVENCY : *Appendix de diis* (Edeline) . . . . » 70
LHOMOND : *De viris illustribus Romæ* (Chaine). . . . 1 10
— *Epitome historiæ sacræ* (Pressard). . . . . » 60
LUCRÈCE : *De la Nature*, Ve livre (Benoist et Lantoine) 1 25
— *Morceaux choisis* (Povard) . . . . 1 5…
OVIDE : *Morc. ch. des Métamorphoses* (Armengaud). . 1 80
PHÈDRE : *Fables* (Talbert) . . . . » 80
PLAUTE : *Aululaire* (E. Benoist) . . . . 2 »
— *Morceaux choisis* (E. Benoist) . . . . » 80
PLINE LE JEUNE : *Choix de lettres* (Waltz). 1 80
QUINTE CURCE : *Histoire d'Alexandre* (Dosson) . . . 2 25
SALLUSTE (Lallier). 1 80
SÉNÈQUE : *De vita beata* (Delaunay). . . . . » 75
— *Lettres à Lucilius*, Lettres I à XVI (Aubé) . . . » 75
TACITE : *Annales* (E. Jacob). 2 50
— *Histoires*, Livres I et II (Goelzer) 1 80
— *Vie d'Agricola* (E. Jacob). . . . . » 75
TÉRENCE : *Les Adelphes* (Psichari et Benoist) » 8…
TITE-LIVE : Livres XXI et XXII (Benoist et Riemann). . . . . 2 »
— Livres XXIII, XXIV et XXV. . . 2 2…
VIRGILE (E. Benoist). . . . . . 2 2…

22901. — Paris. Imprimerie Lahure, rue de Fleurus, 9.

www.ingramcontent.com/pod-product-compliance
Ingram Content Group UK Ltd.
Pitfield, Milton Keynes, MK11 3LW, UK
UKHW021108290826
14628UKWH00014B/1023

9 782019 657215